www.b-books.co.kr

울트라 코리아 ULTRA KOREA

1판 1쇄 찍음 2021년 10월 5일
1판 1쇄 펴냄 2021년 10월 13일

지은이 | 정사부
펴낸이 | 정 필
펴낸곳 | (주)뿔미디어

편집장 | 문정흠
기획 · 편집 | 한상덕

출판등록 | 2002년 9월 11일 (제1081-1-132호)
주소 | 경기도 부천시 원미구 소향로17, 303(두성프라자)
전화 | 032)651-6513 팩스 | 032)651-6094
E-mail | bbulmedia@hanmail.net
비북스 | http://b-books.co.kr

값 8,000원

ISBN 979-11-6713-668-8 04810
ISBN 979-11-6565-919-6 04810 (세트)

9

ULTRA KOREA

울트라
코리아

BBULMEDIA FANTASY STORY

CONTENTS

1. 김중관과 두 번째 만남

세계는 긴장했다.

다른 나라도 아니고, 핵을 보유한 인도와 중국이 맞섰기 때문이다.

물론 이전에도 종종 양국의 군인들이 서로 도발하며 부딪히기도 했다.

그렇지만 이번 라다크에서의 충돌은 단순한 군인들 간의 도발이 아닌, 전차와 전투기까지 동원된 전쟁이나 다름이 없었다.

더욱이 요즘 한창 선을 쉬이 넘는 중국이다 보니, 혹시나 이번 패배로 인해 '핵무기를 사용하지는 않을까?'

하는 우려가 되기도 했다.

하지만 그런 기우는 현실화되지 않았다.

그도 그럴 것이, 인도도 핵무기를 보유하고 있기 때문이다.

만약 중국이 전투의 패배를 만회하기 위해 핵무기라는 카드를 꺼내 든다면, 인도 역시 같은 방법을 사용하여 중국에 보복할 것이다.

때문에 중국은 함부로 핵무기를 사용할 수 없었다.

또한 인도는 미국과 호주, 그리고 일본으로 이루어져 있는 비공식 안보 회의체 쿼드의 가입국이다.

만약 인도가 중국으로부터 핵 공격을 당한다면, 아마 미국도 이를 좌시하고만 있진 않을 것이 분명했다.

어쩌면 이로 인해 제3차 세계대전이 벌어질 수도 있는 아찔한 상황이었다.

하지만 어찌 된 일인지 중국은 이번 라다크 충돌에 대해 뉴스를 통해 인도가 먼저 도발한 것이라고 성토를 하는 선에서 끝났다.

세계는 이런 중국의 한심한 짓을 보며 다행이라 생각했다.

하지만 라다크 충돌은 끝난 것이 아니다.

중국 내에 문제가 많다 보니, 해결해야 할 일이 많아 잠시 숨을 고르는 중일 뿐이다.

울트라 코리아

내부의 문제가 해결된다면, 중국은 이번 라다크 충돌로 인해 구겨진 체면을 복구하려 할 것이다.

그리고 그때가 되면 중국은 어떤 수단과 방법도 가리지 않을 것이 분명했다.

그렇기에 인도는 라다크 충돌로 이득을 본 것에 그치지 않고, 미래를 대비하기 시작했다.

그 첫 번째 행동이 바로 라다크 충돌의 일등 공신으로 불리는 I—21—105㎜의 생산 대수를 두 배로 늘리는 것이었다.

어찌 보면 고산지대인 라다크에서 확실한 기동성과 성능을 선보인 경전차의 수량 증가는 당연한 것이었다.

뿐만 아니라 인도 총리는 궁리하고 있던 주력 전차(MBT) 도입에 관한 계획을 실행하기로 하였고, 한국의 K—2 흑표를 이에 선정하였다.

인도 육군은 현재 메이크 인 인디아 정책으로 인해 21세기에 전장에 맞지 않는 자국산 아준 전차를 운용하고 있었다.

물론 이런 아준 전차의 성능에 불만을 품은 육군을 달래기 위해 인도 국방부는 러시아산 T—90 계열을 수입해 보급해 주기도 했다.

하지만 인도 육군은 스펙상으로만 최강인 러시아제 무기에 대한 신뢰가 많이 떨어진 상태였다.

때문에 러시아제 T—90보단 세계 최강 전차를 꼽을 때 늘 다섯 손가락 안에 꼽히는 한국의 K—2 흑표를 요구하였다.

하지만 러시아의 로비를 받은 인도 국회의원과 방산업체의 방해로 그동안 K—2 흑표 수입에 대한 계획은 늘 지지부진했다.

그런데 이번 라다크 충돌로 인해 한국산 무기의 성능이 세계에 알려지면서 인도의 고위층은 K—2 흑표에 대해 다시 보게 되었다.

더욱이 이전 러시아제 무기들과 다르게 한국산 무기들은 우수한 신뢰성을 보여 주었다.

사실 지금까지 인도가 수입해 온 무기들은 늘 문제가 많았다.

정당하게 돈을 주고 사 오는 것임에도 불구하고, 러시아나 다른 나라는 납기일을 지연하거나, 알려진 것보다 떨어지는 성능의 무기를 보내왔다.

그에 반해 한국에서 수입한 I—9 바즈라는 아무런 문제가 없었다.

직도입한 부품의 성능은 물론이고, 인도에서 라이선스 생산한 물건도 동일한 품질을 보여 주었다.

이는 인도 방위산업 역사상 최초의 일이었다.

게다가 기존에 약속한 납기일보다 일찍 무기를 받을

수 있었다.

이 또한 인도에선 있을 수 없는 일이라 뉴스에까지 나올 정도로 사람들은 놀라워했다.

이러한 일들로 인해 인도군의 한국산 무기에 대한 만족도는 최고조에 달해 있었다.

그렇게 인도 육군의 차세대 주력 전차는 대한민국의 K—2 흑표로 정해졌다.

그리하여 무려 1,500대라는 어마어마한 수량의 계약이 이루어졌다.

이는 대한민국의 무기 수출 역사상 두 번째로 높은 금액이었다.

첫 번째는 작년 SH항공의 KFA—01 편전의 출고식 때 있던 수출 계약이다.

당시 SH항공은 출고식 당일, UAE의 만세르 왕자를 비롯한 수많은 국가들과 200대가 넘는 수량을 계약했다.

게다가 전투기 개발의 최선두라 알려져 있는 미 공군도 1차 100대에 이어 2차로 300대에 관한 구매 계약을 맺었다.

그러자 미 해군도 가만있지 않았다.

미 해군은 공군과 차별화하기 위하여 자체적으로 차세대 전투기 공중 우세(NGAD) 프로그램을 운영하고 있는 중이었다.

하지만 국방 예산의 감축으로 인해 NGAD는 미 공군과 통합하게 되었다.

이런 때에 한국에서 개발된 KFA—01의 우수성이 알려지면서 미 공군이 이를 채택한 것이다.

5세대 전투기는 비효율적인 가동률과 유지비 때문에 F—22와 같이 일찌감치 조기 퇴역의 길을 걷게 되었다.

또한 F—35에 대한 부정적인 시각으로 인해 날로 심각해지는 공중 우세 문제가 불거지게 됐다.

때문에 미 공군이 값이 싸면서도 자신들이 요구하는 성능을 상회하는 한국의 KFA—01을 채택했고, 이에 미 해군도 어쩔 수 없이 자체 개발보단 동맹국의 우수한 전투기를 구매하는 쪽으로 선회했다.

그렇게 하여 미 해군도 300대에 가까운 280대의 KFA—01을 구매하게 되었다.

그로 인해 SH항공은 대한민국 역사 이래 최고의 무기 판매 실적을 만들어 냈다.

이전까지는 대화 디펜스의 장갑차 SA—21 레드벡을 미 육군에 납품한 것이 최고였지만, 이제는 2등으로 밀린 것이다.

하지만 이 기록도 인도의 K—2 흑표 수입으로 인해 또다시 한 단계 순위가 낮아지게 되었다.

이렇게 대한민국은 지상과 하늘을 지배하는 강력한 무기들을 수출하는 무기 수출 강국으로 떠올랐다.

＊　　　＊　　　＊

우우우웅!

자동화 설비로 돌아가는 공장을 둘러보는 수호의 눈에 이채가 서렸다.

수호는 그동안 자신이 설립한 SH항공이나 SH바이오닉에 신경을 쓰느라 많은 관심을 주지 못한 SH화학을 둘러보던 중이었다.

사실 SH화학은 SH 그룹 산하에서 가장 중요한 위치에 있었다.

비록 수호가 대표이사로 등재되어 있지는 않지만, SH 그룹의 시작은 이곳 SH화학이었다.

게다가 SH 그룹에서 생산되는 많은 물건들은 SH화학에서 생산한 것들을 원재료로 삼고 있는 것이 많았다.

"저건 무엇을 만드는 것입니까?"

수호는 자신이 있을 때는 없던 작업을 보자 관심이 생겼다.

"예, 저것은 K—1 전차용 소프트 아머를 생산하는 공정입니다."

김용수 과장은 뭔가 칭찬을 바라는 초등학생과 비슷한 표정을 지으며 설명을 시작했다.

SH화학은 그동안 그저 놀고만 있지는 않았다.

비록 사업의 시작은 수호가 개발한 단열재와 방탄 스프레이였지만, SH화학의 임직원들은 단순히 고문인 수호가 새로운 것을 개발해 가져오는 것만을 기다리지는 않았다.

오히려 그들은 수호에게 뒤처지지 않게 자체적으로 새로운 상품을 만들기 위한 많은 노력을 하였다.

그리고 그 결과가 바로 지금 보고 있는 공정이었다.

SH화학에서 생산하는 단열재와 방탄스프레이에 들어가는 원료, 그리고 그동안 새롭게 만들어진 신물질을 혼합해 만든 것이 바로 방금 전 김용수가 설명한 소프트 아머다.

소프트 아머는 이름 그대로 가볍게 걸치는 갑옷처럼 전차나 장갑차의 차체에 걸치는 유닛이다.

하지만 SH화학에서 개발한 제품은 독일이나 미국의 것과는 사뭇 다른 물건이었다.

기존의 소프트 아머는 금속 재질의 파츠 형태로 무게가 상당히 나갔다.

SH화학은 이를 줄이고자 연구한 것이고, 그 결실을

맺을 수 있었다.

기존 외국 제품에 비해 1/6 정도로 가볍게 만든 것이다.

때문에 야전에서도 특별한 장비 없이 쉽게 교체가 가능했다.

뿐만 아니라 겉 표면에 특수한 도료를 도포하여 적외선 탐지에 30%가량의 저감 효과를 얻을 수 있었다.

즉, 적외선으로 표적 추적을 하는 장치에 노출이 잘 안 되어 그만큼 안전하다는 소리다.

더욱이 지금 김용수 과장이 말한 K—1 전차는 개발된 지 벌써 40년이 다 되어 가는 전차다.

물론 그동안 꾸준히 성능을 개량하여 현대에도 충분히 사용 가능한 우수한 전차였다.

하지만 장갑의 방어력만큼은 향상시키기 매우 힘들었다.

그 때문에 국방부에서는 늘 K—1 계열 전차들에 대한 방어력 업그레이드를 추진했다.

이런 때에 SH화학에서 K—1 전차용 소프트 아머를 개발한 것이다.

사실 소프트 아머 자체의 방어력은 겨우 100㎜에 불과했다.

하지만 여기에 5㎜ 방탄판을 끼워 넣게 되면 방탄 성

능은 400㎜ 이상으로 좋아졌다.

기존 K—1 전차에 이를 적용한다면, 바로 현재 운용 중인 K—2 흑표 전차만큼의 방어력을 가지게 되는 것이다.

여기서 주목해야 하는 것이 SH화학에서 개발한 소프트 아머에는 세계 각국의 방산 업체에서 연구하고 있는 전단농화유체가 사용된다는 점이다.

이것은 슬레인이 개발에 성공하여 SH화학에 넘겨준 것으로 평상시에는 유체 상태로 있다가 충격이나 에너지가 전달이 되면 바로 수축을 하면서 경화되는 물질이다.

이러한 성질이 수호가 개발한 단열재, 그리고 방탄 스프레이와 상호작용을 하면서 운동에너지탄이나 대전차용 고폭탄에도 상당한 방어 성능을 보여 줬다.

이에 대한민국 국방부도 SH화학에서 개발한 소프트 아머의 성능을 인지하고, 이를 채택하기에 이르렀다.

그리하여 K—1 전차의 방어력 증진되었을 뿐만 아니라, K—2용 소프트 아머까지 의뢰하기에 이르렀다.

이는 수호도 생각지 못한 쾌거였다.

자신이 없더라도 회사가 아주 잘 돌아가고 있다는 것을 알게 된 수호는 기분이 좋아졌다.

'오호라, 내가 없어도 화학은 잘 돌아가는군.'

그동안 수호는 회사를 운영하기 위해 많은 노력을 하였다.

SH화학은 물론이고, 자신이 직접 관여를 하고 있는 SH항공 등 많은 회사에 보이지 않게 영향력을 행사했다.

게다가 그것으로도 모자라게 느껴질 때면 직접 연구에 뛰어들기도 했다.

그러다 보니 한 분야에 집중하게 되면 관리에 소홀해지는 회사도 있었다.

그런데 오늘 SH화학에서 자신이 신경을 쓰지 못하는 부분에 대해 알아서 대처하고 있는 모습을 보며 깜짝 놀란 것이다.

[이런 방법도 있었군요.]

놀라는 것은 비단 수호뿐만이 아니었다.

슬레인 또한 자신은 생각지도 못한 방법으로 노후된 장비의 방어력을 강화한 기술자들에 대하여 감탄했다.

그만큼 K—1 전차는 현대에도 충분히 경쟁 가능할 정도로 탈바꿈해 있었다.

슬레인과 수호는 이 방법이 아주 뛰어난 기술을 요하는 것이 아니란 점에 더욱 점수를 주었다.

너무도 간단한 방법으로 문제를 해결하고, 업그레이드까지 한 점에서 보면 가산점이 주어지는 것은 당연한 결과였다.

게다가 이것을 응용한다면 기존의 장비도 방어력을 올리기 쉽다는 점이나, 수출하는 무기에 대해 옵션으로 제시할 수 있다는 점도 무시할 수 없었다.

[이 정도라면 독일산 아머 보다 훨씬 유용할 것 같습니다.]

'맞아. 독일의 아머는 특수 제작을 해야 하잖아. 또 파츠를 장착하기 위해선 그에 맞는 특수 장비를 운용해야 하지. 그 때문에 야전에서 사용하기가 쉽지 않고. 그에 비해 저것이라면……'

슬레인의 이야기에 수호는 행복한 고민에 빠졌다.

소프트 아머만 놓고 볼 때, 기존 독일이나 미국이 개발한 것에 비해 SH화학에서 내놓은 제품은 방어력 측면에서 조금 약했다.

하지만 기존 아머와 결합을 한다면 성능이 그리 미달되지는 않았다.

하지만 활용성은 그 누구도 넘볼 수 없을 정도로 뛰어났다.

특히나 아머의 무게가 많이 나가지 않는 것은 무시할 수 없는 강점이었다.

엔진에 큰 무리를 주지 않으면서도 방어력을 크게 향상시킨다면, 운전자나 지휘관들에게 더욱 큰 신뢰감을 줄 것이다.

더욱이 SH화학에서 개발한 소프트 아머의 경우, 미국이나 독일의 제품과 차별되는 점이 하나 더 있었다.

그것은 공중 공격에서의 안전성 확보라는 과제였다.

지상의 전투 차량은 전면이나 측면 등 지상 공격의 방어도 중요하지만, 공격 헬기나 A—10과 같은 공격기의 대 지상 공격을 견뎌 내야만 했다.

하지만 지금까지의 전차 장갑뿐만 아니라 소프트 아머는 이에 매우 취약했다.

그 때문에 SH화학은 이를 개선하고자 전단농화유체를 사용한 것이다.

결과는 매우 성공적이었다.

독일이나 미국의 것은 기존 장갑을 대체하는 형태로 만들어지기 때문에 공중 공격에 취약한 차량의 상판에 보강을 할 수 없었다.

하지만 SH화학에서 개발한 소프트 아머의 경우, 가벼우면서도 전차의 모양에 맞춰 새로 만들기 쉽기 때문에 아무런 문제가 없었다.

그렇게 SH화학의 소프트 아머를 상판에 설치하면 바로 400㎜의 방어력이 증가하는 것이다.

즉, 대전차 무기인 헬파이어와 같은 미사일을 직격으로 맞지 않는 이상 안심할 수 있었다.

'여기에 국지 방어기에 들어가는 레이저를 결합하면

완벽한 방어 체계가 완성될 것 같은데?'

수호는 K—2 흑표에 비해 방어력이 부족한 K—1 계열 전차의 보완 방법을 생각하다가 능동 방어 체계가 떠올랐다.

자신이 개발한 국지 방어기에 있는 레이저 무기를 설치한다면, 대전차 미사일에 대한 약점을 없앨 수 있을 것 같았다.

그렇게 SH화학에서 공장 시찰 중에 수호는 새로이 진행하고픈 사업에 대한 아이디어를 얻었다.

방위산업에 치중되고 있는 SH 그룹이다 보니 이렇게 하나하나 떠오르는 생각들이 돈이 되고 또 삶의 터전이 안전해지는 기반이 되었다.

[이렇게 되면 K—3에 대한 연구는 방향을 선회하시는 것이 좋지 않을까요?]

SH화학에서 개발한 소프트 아머를 본 슬레인은 육군에서 들어온 차세대 전차 개발 프로젝트에 대한 견해를 말했다.

하지만 수호는 이를 듣고 고개를 저었다.

'아니, K—3에 대한 연구는 그대로 가는 것이 좋아.'

수호는 소프트 아머로 방어력이 획기적으로 올라간다고 해도, 기본 방어력 자체가 높은 것이 승조원의 안전에 더욱 지대한 영향을 줄 것이라 판단했다.

울트라 코리아

또한 육군이 요구한 K—3의 성능이 자신의 생각과 비슷하기에 기존 연구를 고수하기로 결정한 것이다.

새로운 방탄판의 개발 성공으로 차세대 전차(K—3)의 무게는 기존 K—2 흑표와 비슷하거나 조금 가벼워질 것이 분명했다.

아니, 가벼워진 것을 전차포의 성능을 위해 무겁게 만들어야 할 판이었다.

차체가 가벼우면 강력해진 전차포의 반동을 감당하지 못한다.

때문에 어쩔 수 없이 무게를 흑표와 비슷하게 맞출 수밖에 없었다.

만약 그렇지 않고 방어력만 생각해 무게를 가볍게 만든다면, 중국의 전차처럼 우스꽝스러울 것이다.

포의 반동으로 인해 그 위력을 감당하지 못하고 쏠 때마다 휘청휘청 춤을 추는 것처럼 말이다.

[그 제품에도 신기술이 들어가야 하니 가격이 상당히 오르겠군요]

'그건 어쩔 수 없는 일이야, 기술의 발전으로 인해 대량생산이 가능해지는 기존 물건들은 가격이 떨어지고, 신기술이 접목된 물건은 가격이 오르는 거지.'

슬레인의 우려에도 수호는 단호하게 이야기를 하였다.

우웅! 우웅!

그렇게 공장 시찰을 하면서 간간히 슬레인과 텔레파시를 이용한 대화를 하는 중 수호의 전화기가 울렸다.

*   *   *

장군회 고문인 김중관은 PMC 아레스의 사장으로 있는 심보성으로부터 놀라운 소식을 들었다.

그것은 바로 SH 그룹에서 파워 슈트가 개발되었다는 이야기였다.

게다가 단순하게 개발에 성공한 정도가 아니라, 실전에 투입하여 시험 중일 정도로 완성 단계였다.

파워 슈트는 사실 1980년대 후반, 일본의 한 코믹스에서 나온 이야기다.

고도로 발달한 과학기술을 이용해 인간의 몇 배에 해당하는 힘을 발휘하는 슈퍼 솔저를 양성한다는 내용이었다.

당시에는 그저 개념 정도였지만, 시간이 흐르면서 과학기술의 발달로 재료 공학이나 로봇공학 등이 발달했다.

따라서 파워 슈트는 단순하게 상상만의 산물이 아닌 현실에서도 실현 가능한 물건으로 인식되고, 이에 천문학적인 연구비가 투입이 되었다.

결론만 말하자면, 연구와 개발은 절반의 성공에 불과했다.

그도 그럴 것이, 현실로 만들기에는 파워 슈트에 대한 요구치가 너무도 높았기 때문이다.

게다가 그 요구를 현실화할 만큼 현 인류의 과학기술이 발전되지 못한 탓도 있었다.

물론 코믹스에 나온 파워 슈트만큼은 아니지만, 미국이 개발한 엑소 스켈레톤 아머의 성능은 군에서 사용하기에 부족하진 않았다.

또한 아직 실패로 단정 짓기에는 발전 가능성이 보이기에 미국은 규모를 축소하여 개선 가능한 방향으로 파워 슈트의 개발을 진행하고 있었다.

그런데 뜻하지 않게 파워 슈트에 대한 이야기를 한국에서 듣게 된 것이다.

이에 김중관은 이 이야기를 그냥 흘려듣지 않고 좀더 자세히 알아보기로 하였다.

사실 그가 파워 슈트에 이렇게 관심을 보이는 것은 전적으로 대한민국 육군의 미래 전략을 세운 것이 바로 그였기 때문이다.

김중관은 대한민국 육군의 미래로 미국의 랜드워리어를 벤치마킹한 아미 타이거를 주창했다.

대한민국의 군대는 미국의 많은 부분을 벤치마킹하며

전력을 키워 왔다.

그렇기에 김중관은 그가 육군 사령관으로 있을 당시, 미국이 랜드워리어를 연구한다는 것을 듣고 아미 타이거에 대한 계획을 세운 것이다.

미래의 군복은 무선 네트워크를 통해 서로 연결되어 있고, 개인화기나 화생방 등의 화학 공격으로부터 군인들을 보호하며, GPS로 위치를 파악해 현장 정보를 보다 신속하게 부대에 알려 정보를 공유한다.

그러기 위해선 군인 한 명, 한 명을 완벽하게 보호할 수 있는 특별한 군복이 필요했다.

그렇게 해서 나온 것이 바로 파워 슈트란 개념이다.

하지만 미국은 이를 현실화시킬 기술이 부족해 완성하지 못하고, 예산만 낭비했다.

이에 신정부는 랜드워리어 시스템을 폐기하고, 현실에 맞게 전략을 수정했다.

때문에 아미 타이거를 주장하던 김중관의 입지 또한 흔들리게 되었다.

그나마 다행인 점은 한국 육군은 아직 프로젝트를 위한 예산을 집행하지 않았다는 것이다.

그렇게 예산심의를 거치는 도중 미국이 랜드워리어를 포기했다는 소식이 전해지면서 한국도 아미 타이거 프로젝트를 잠정 중단하였다.

그런데 아미 타이거의 기본이 될 파워 슈트가 수호에 의해 개발이 완료된 것이다.

이 소식을 접한 김중관은 흥분하지 않을 수가 없었다.

국방 예산을 1,000조 사용한다 해서 천조국이라 불리는 미국도 포기한 것을 조국의 한 사람이 개발을 성공했다는 소식에 놀라고 또 기뻤다.

더욱이 연구만 성공한 것이 아니라 실전에서도 확실하게 성능을 발휘했다.

김중관은 무슨 이유에서인지는 모르지만, 수호가 신장 위구르와 티베트 자치구에 공작을 하고 있다는 사실을 심보성을 통해 들었다.

이를 위해 지원을 요청했다는 것까지 말이다.

처음엔 개인이 이런 일을 벌인다는 것에 대해 가볍게 놀라기만 했다.

하지만 깊게 파고들수록 김중관의 감정은 경악에 가까워졌다.

중국 자치구 두 곳에 단순히 군용물자를 지원하는 것이 아니라 파워 슈트와 같은 신무기들을 시험하고 있었기 때문이다.

거기에 더해 한국 육군도 보유하지 못한 소형 전술 차량 또한 파워 슈트를 충전하기 위해 그곳에 투입을 시켰다.

파워 슈트에 전력이 필요한 것은 김중관도 알고 있다.

모든 물체는 큰 힘을 발휘하기 위해선 에너지가 필요하다는 것은 기본 상식이다.

그 에너지를 공급하는 것이 소형 전술 차량이란 사실은 이미 연구 단계를 벗어나 양산 단계에 이르렀다는 것을 시사하는 것이었다.

김중관은 이것에 집중하였다.

수호, 아니, SH 그룹에서는 이미 파워 슈트를 상용화하기 위한 준비가 완료되었다.

다만, 무슨 이유에서인지 SH 그룹의 회장인 수호가 대한민국 정부에 이를 알리지 않았다.

그저 중국 정부에 독립 투쟁을 하고 있는 티베트와 신장 위구르 자치구에 지원을 하고 있을 뿐이었다.

만약 이 사실이 중국 정부에 알려지기라도 한다면 대한민국은 외교적으로 큰 위기에 몰릴 수도 있었다.

그러니 무슨 이유로 그런 일을 벌이고 있는 건지 알아봐야만 했다.

또한 가능하다면 한국 군에 납품을 할 수 있는지도 조사해 봐야 하고 말이다.

"오랜만에 뵙습니다."

경기도 모처에 도착한 수호는 약속 장소에 먼저 나와 기다리고 있던 김중관 고문을 보며 인사를 하였다.

"반갑네."

수호의 인사를 받은 김중관도 빙그레 웃는 모습으로 수호를 맞아주었다.

"그런데 어떤 일로 절 부르신 것입니까?"

수호는 한창 바쁘게 움직여야 할 시기에 느닷없이 연락을 하여 만나자고 한 김중관 고문의 뜻을 알고 싶어 했다.

"뭐가 그리 급한가? 일단 오랜만에 보는 것이니 앉아서 저간의 이야기나 좀 하지."

김중관은 급히 용건을 물어보는 수호를 보며 다시 한번 빙그레 웃고는 차분하게 자리를 권했다.

그런 김중관의 말에 수호는 잠시 멍하니 그의 얼굴을 쳐다보다가 자리에 앉았다.

하긴 자신이 바쁘다고 해도 그의 앞에 있는 사람은 대한민국을 이끌어 가는 인물 중 한 명이었다.

그러니 어느 정도 존중해 줘야 할 필요가 있었다.

수호가 자리에 앉자 한복을 곱게 차려입은 여인이 나

타나 두 사람이 있는 테이블에 다과상을 가져다 두었
다.

이는 김중관이 따로 준비를 시킨 것이었다.

누군가의 방해를 받지 않고 조용히 대화를 나누기 위
한 조치였다.

쪼르륵!

김중관은 여인이 가져다 둔 찻주전자를 들어 수호에
게 건넸다.

"들지."

그들은 느긋하게 차를 우려 한 모금 음미하였다.

그런 와중 김중관은 어떻게 이야기를 꺼내야 할지 복
잡한 머릿속을 정리하였다.

'후!'

잘 우려진 차를 한 모금 하다 보니 머릿속이 정리가
되는 듯했다.

탁!

수호는 가만히 김중관 고문이 우려낸 찻잔을 들어 한
모금 마시고는 이를 테이블에 내려놓았다.

그런 수호의 모습을 확인한 김중관도 조심스럽게 들
고 있던 찻잔을 내리고 본격적으로 이야기를 풀어 나가
기 시작했다.

"파워 슈트를 완성했다고 하던데, 그게 정말인가?"

이미 심보성을 통해 알고 있지만, 김중관은 본인의 입으로 직접 대답을 듣고 싶었다.

"예. 그룹 산하 계열사 중 하나인 SH바이오닉에서 완성하였습니다."

질문을 받은 수호는 거짓 없이 바로 대답을 하였다.

"일본과 중국에 각각 200벌씩 보내 실전 테스트를 벌이며 데이터를 쌓고 있습니다."

'헉! 일본에도 보냈다는 말인가? 그런 말은 없었는데?'

대답을 들은 김중관은 깜짝 놀랐다.

수호가 우방국인 일본에도 파워 슈트를 보내 테스트를 하고 있다는 사실에 경악하지 않을 수가 없었다.

비록 현재 일본과의 관계가 좋지 못한 것은 사실이다.

하지만 그렇다고 파워 슈트 200벌을 사용할 일이 뭐가 있을까.

중국과 달리 소규모 전투가 일어나는 곳도 없는데 말이다.

아무리 생각해도 떠오르지 않았다.

"무엇 때문에……."

김중관은 막 그 이유를 물어보려고 했지만, 질문을 끝까지 하지 못했다.

수호가 먼저 자신이 일을 벌인 이유를 이야기했기 때문이다.

"중국과 일본이 저를 대상으로 납치와 살인을 계획했습니다. 때문에 저 또한 그들로부터 제 자신과 주변의 안전을 지키기 위해 손을 쓴 것뿐입니다."

"음."

이야기를 들은 김중관은 작게 침음성을 냈다.

중국이야 자신도 들어 알고 있지만, 일본은 처음 듣는 이야기였기 때문이다.

"중국뿐만 아니라 일본도 자네의 안전을 위협했다는 말인가?"

"네. 몇 달 전에 죽은 하시모토 켄이란 자민당 소속 의원이 우두머리였다고 하더군요."

수호는 테이블에 내려놓았던 차를 다시금 한 모금 마시고 담담히 이야기를 하였다.

그런 수호의 이야기에 김중관은 깜짝 놀랐다.

하시모토 켄이라면 그도 잘 알고 있는 일본의 우익 인사였다.

또한 자민련 안에서도 상당히 중요한 인물 중 하나였다.

그런데 이야기를 하는 것을 들어보니 그의 죽음이 평범한 심장마비가 아니란 것을 느낄 수 있었다.

그리고 그 생각은 맞았다.

"일본 우익의 수족이던 야마구치구미에 제 암살을 청부했더군요."

수호의 말이 떨어지기 무섭게 이를 듣고 있던 김중관의 눈이 번쩍 뜨였다.

일본의 유력 정치인이 야쿠자를 사주해 우방국의 기업인을 암살하려고 했다는 소리가 어처구니없으면서도 믿지 않을 수 없었기 때문이다.

세계 각국의 정부는 자국의 이익을 위해선 무슨 일도 마다하지 않는다.

그리고 한국의 정치인들도 이익을 위해선 뒤에서 많은 부정한 짓을 저지른다.

김중관 또한 정치인은 아니지만, 국익을 위해 많은 더러운 일을 했다.

하지만 그것은 전적으로 대상이 평범한 일반인이 아닌 대한민국에 적대적인 세력이나 인류의 안녕을 위협하는 테러 조직에 한해서였다.

때문에 일본의 유력 정치인이 자국의 기업가를 암살하려고 했다는 사실에 분노마저 느끼고 있었다.

비록 그가 심장마비로 사망 처리 되었다고는 하지만 이는 그냥 넘기기 힘들었다.

"후우!"

김중관은 크게 심호흡을 한 번 하였다.

자국의 미래를 책임지는 발명가이자 기업인인 수호를 위협했다는 것에 화가 났다.

그러면서 한편으로 역시나 일본인은 믿을 수 없는 족속이란 생각이 깊게 맺혔다.

"그래서 파워 슈트를 200벌이나 일본에 보냈다는 것인가?"

"예, 그렇습니다."

"음, 그런데 일본에 파워 슈트를 200벌이나 사용할 자네의 조직이 있었나?"

이야기를 하다 보니 문득 의문이 들었다.

SH 그룹은 일본에 세력이 없는 것으로 알고 있다.

씨익!

질문을 받은 수호는 비릿한 미소를 지어 보였다.

'뭐지?'

느닷없는 수호의 비소에 김중관은 그 의미를 알지 못하고 의아해하였다.

"일본인들의 정신은 아직도 고대의 전국시대에 머물러 있습니다."

"그게 무슨 소린가? 일본인들이 전국시대에 머물고 있다니?"

김중관은 점점 더 이해할 수 없는 수호의 대답에 갈

피를 잡을 수가 없었다.

한편, 김중관이 자신의 말을 이해하거나 말거나 수호는 계속해서 이야기를 해 나갔다.

"일본인들은 오래전부터 살기 위해서 강자 앞에서 고개를 숙이고, 또 약자 앞에선 절대 자신의 약점을 들어내지 않았습니다."

수호는 일본인들의 정신세계가 어떤지 설명을 하듯 이야기를 풀어 나갔다.

한참 동안 이런 수호의 이야기를 듣던 김중관은 고개를 끄덕일 수밖에 없었다.

그도 그럴 것이, 그가 군에 있으면서 경험한 일본의 정치인이나 자위대 간부들의 모습이 그러했기 때문이다.

강자에 약하고 약자에게 누구보다 잔혹한 성질을 가진 일본의 위정자들은 한때 자신들의 식민지이던 대한민국을 아직도 자신들의 밑으로 깔보고 있었다.

그러면서도 필요한 것이 있을 때면 그런 모습을 감추고 웃는 낯으로 자신들이 원하는 걸 요구했다.

하지만 속는 것도 한두 번이다.

대한민국 국민은 더 이상 일본의 이중적인 태도에 속지 않았다.

2011년 일본 후쿠시마현 앞바다에서 해저지진이 발

생하면서 후쿠시마에 있던 원전이 폭발하는 사고가 발생을 하였다.

당시 대한민국은 세계 어느 나라보다 먼저 일본에 달려가 구호하며, 지원금과 물자를 보내 주었다.

하지만 일본 정부는 이런 대한민국의 도움을 일절 알리지 않고, 다른 나라들의 구호품과 구호금만을 발표하는 만행을 저질렀다.

이는 실수로 누락한 것이 아닌, 의도적으로 대한민국의 이름을 빼고 발표한 것이다.

물론 그 뒤로도 정정 보도 따위 없었다.

아니, 그 정도가 아니라 자국민과 세계인들을 상대로 사기를 쳤다.

대한민국이 이웃 국가의 불행을 보면서도 전혀 도움의 손길을 내밀지 않는 파렴치한 행보를 보인다고 말이다.

그 뒤로도 무슨 일만 벌어지면 모든 것이 대한민국의, 한국인의 잘못이라며 호도하였다.

그러다 보니 한국인들은 더 이상 일본에 대한 연민을 느끼지 않게 되었다.

극우 성향을 띈 일부를 제외한 일본인들은 다르다 생각해 도움을 준 건데, 그들은 진실을 충분히 알만한 능력이 있으면서도 고맙다는 말 한마디 없이 침묵만을 유지할 뿐이었다.

오히려 일본인 전체가 집단 세뇌라도 당한 것처럼 한국과 관련된 일에는 이상한 논리를 적용해 핍박하고, 무시하며 한국을 깎아내리기 바빴다.

수호는 이런 일본을 한국이 정상적인 국가로 대우를 하면 할수록 한국만 골치 아파진다고 판단했다.

그래서 말로서가 아닌 힘으로 일본을 굴복시키기로 하였다.

그렇다고 일본과 전쟁을 벌일 수도 없는 일이기에 가장 밑바닥에 있는 야쿠자를 이용하기로 했다.

하시모토 켄이 야쿠자를 이용해 자신을 암살하려고 했으니, 자신도 야쿠자를 이용해 하시모토 켄을 죽인 것이다.

그렇게 수호는 야쿠자를 누르고 그들을 이용해 이들과 연결된 정치인, 기업인들을 하나둘씩 금제하였다.

겉으로 알려지진 않았지만, 일본은 더 이상 일본인들의 것이 아니다.

일본은 현재 수호의 뜻에 따라 움직이는 허수아비 국가가 되어 있었다.

2. 수호의 계획

드르륵!

"좋은 아침!"

고든 화이트는 출근하며 큰 소리로 아침 인사를 하였다.

그런데 여느 때와 다르게 사무실의 분위기가 사뭇 달랐다.

이를 느낀 고든 화이트는 조심스럽게 물었다.

"뭐야? 무슨 일 있어?"

CIA의 극동 아시아 지부장인 고든 화이트의 그러한 질문에 비서인 캘리 그웨인이 그의 앞으로 온 암호 전문을 들이밀었다.

하지만 단순한 암호 전문이 왔다고 하기에는 사무실의 분위기가 너무도 심상치 않았다.

고든 화이트는 얼른 그것을 받아 보았다.

[일본 야쿠자들 사이에서 파워 슈트라 짐작되는 물건이 사용됨. 레이온과 퓨처 테크놀로지에서 개발되고 있는 것보다 사용이 간편하고 우수한 것이 파악됨.]

'아니!'

전문을 읽은 고든 화이트는 깜짝 놀랐다.

세계의 우수한 두뇌들이 용광로처럼 녹아든 곳이 미국이다.

많은 나라들이 이러한 미국을 따라오기 위해 수많은 비용과 시간을 들여 연구하고 있지만, 최고의 결과를 내는 곳은 단연 자국인 미국이었다.

그런데 이런 미국도 아직까지 완성하지 못한 것이 바로 파워 슈트였다.

미국은 30여 년 전부터 천문학적인 예산을 편성하고, 또 시간을 들여 해당 기술을 연구하고 있었다.

하지만 이제 겨우 걸음마 단계를 넘어 어느 정도 쓸 만해졌다는 평가를 받았다.

그렇지만 아직도 파워 슈트의 완성도는 들어간 예산에 비해 아쉬운 것 또한 사실이다.

때문에 보다 우수한 물건이 일본에서 발견되었다는 것, 또 자위대가 아닌, 일개 갱이 사용한다는 것도 믿기지 않았다.

CIA의 보고엔 절대로 거짓이나 과장은 있을 수 없었다.

물론 거짓 뉴스가 판을 치는 세상이기는 하다.

하지만 CIA는 단순한 조직이 아닌, 세계를 운영하는 정보 조직이다.

미국의 이익을 위해선 어떤 짓도 마다하지 않았다.

그러니 정보 하나하나에는 절대로 과장이나 축소가 없어야만 했다.

"이거 확실한 거야?"

도저히 믿을 수 없는 내용이 담겨 있다 보니 고든은 급히 물었다.

"예. 두 번, 세 번 교차 검증을 하여 확인한 내용입니다."

캘리 그웨인이 굳은 표정으로 대답하였다.

고든 화이트의 비서직을 맡고 있긴 해도 단순한 회사원이 아니었다.

이곳은 겉으로 일반적인 외국계 회사처럼 보이지만,

엄연히 CIA의 지부였다.

그것도 동아시아의 정보를 담당하는 지부 말이다.

"랭글리에는 보냈어?"

"아직……."

"뭐 하고 있어! 얼른 랭글리로 정보를 보내지 않고!"

고든 화이트는 화가 난 목소리로 비서인 캘리에게 고함을 질렀다.

"네, 알겠습니다."

고든 화이트의 고함에 캘리 그웨인은 얼른 그의 손에 들린 암호 전문을 받아 전산실로 향했다.

그런데 이와 같은 모습은 비단 이곳 CIA 극동 아시아 지부에서만 벌어지는 것이 아니었다.

＊　　　＊　　　＊

미국 국방 정보국(DIA).

군복을 입은 군인들이 분주히 움직이고 있었다.

현재 미국은 늦은 저녁 시간이지만, 어느 한 사람 피곤한 표정 하나 없이 분주히 자신의 할 일을 하고 있었다.

드르륵.

"음."

울트라코리아

컴퓨터를 확인하던 데이나 밀러는 전문이 발송된 장소를 확인하고는 작게 신음을 흘렸다.

그도 그럴 것이, 전문을 보낸 곳이 중국이었기 때문이다.

현재 중국은 미국과 첨예한 대립을 벌이고 있는 나라다.

중국은 1970년 전만 해도 경제는 물론이고, 기초과학도 발달하지 못한 무척이나 낙후된 나라였다.

하지만 소련을 견제하려는 미국의 눈에 띄어 수교를 맺은 뒤로 급격한 성장을 할 수 있었다.

현재는 미국에 이어 G2라 불릴 정도로 거대해진 상태다.

그렇지만 그들의 국민 의식은 아직도 70년대에 머물고 있다 보니 많은 곳에서 사고를 치며 문제를 일으키고 있었다.

뿐만 아니라 미국과 경쟁을 하다 무너진 소련을 보면서도 교훈을 얻지 못한 것인지, 자만에 빠져 미국과 대립 구도를 형성했다.

은혜를 원수로 갚는다더니, 중국이 바로 그 짝이다.

사실 중국의 눈부신 발전 아래에는 많은 사람들의 희생이 깔려 있다.

7,000만의 공산당이 13억 중국인들 위에서 그들의

희생을 강요한 것이다.

21세기에 들어오면서 세계는 인권에 대해 많은 시선이 바뀌었다.

아무리 공산주의 국가라 해도 대규모 인권 탄압이나 종교의 박해는 지탄을 받아야 마땅하다.

이에 국제사회에서 중국의 행보를 비난하자 내정간섭 말라며 오히려 적반하장으로 협박을 했다.

보다 못한 미국은 경제적으로 중국을 제재하는 한편, 군사적으로도 비밀리에 독립을 주장하는 티베트와 신장 위구르인들에게 지원하기 시작했다.

만약 이것이 중국 정부에 알려지게 된다면 자칫 전쟁으로 비화될 수도 있다.

하지만 미국의 입장에선 어쩔 수 없는 선택이었다.

만약 이러한 문제를 그냥 넘기게 된다면 그동안 미국이 주장하던 세계의 경찰로서의 지위는 기초 없는 모래성마냥 휩쓸려 사라져 버릴 것이기 때문이다.

그래서 특수부대를 두 지역에 파견을 하여 독립운동을 하는 비밀리에 단체에 군사훈련은 물론이고, 전략 전술을 교육시켜 주고 있다.

그러던 중 뜻밖의 정보를 취득해 이를 전해 온 것이다.

울트라
코리아

[티베트와 신장 위구르의 일부 독립군 조직이 의문의 집단으로부터 첨단 장비들을 지원받아 사용 중. 이 중에는 우리 미국도 아직 개발 중인 파워 슈트가 포함된 것으로 파악됨.]

＊　　　＊　　　＊

미국의 CIA와 DIA가 이렇게 일본과 중국에서 들어온 전문을 가지고 진위 여부를 파악하기 위해 분주하게 움직이고 있을 때, 정작 이번 일을 벌인 한국, 아니, 정확하게 수호는 느긋하게 김중관과 담소를 나누고 있었다.

"자네도 알다시피 갈수록 군인으로 입대를 하는 사람들은 줄어들고 있네."

김중관 고문은 현 대한민국의 징병에 대한 문제를 언급했다.

갈수록 줄어드는 인구 감소로 인해 대한민국의 군인으로 징집할 성인 남성이 부족해지고 있었다.

이 때문에 한때 예외로 두고 있던 여성에 대한 징집에 대한 이야기가 나오기도 하고, 징병 기준을 낮추자는 이야기도 나왔다.

하지만 이러한 의견들은 상당한 반발에 부딪히며 무산되었다.

특히나 여성 징병에 대한 논의는 나오자마자 거센 저

항에 부딪혔다.

여성 단체들은 앞다투어 여성 징병은 한국 남자들이 여성들을 차별하기 위해 자신들의 의무를 전가하는 파렴치한 짓이라 주장했다.

참으로 어처구니없는 말이 아닐 수 없지만, 어떻게 된 것인지 이러한 여성 단체의 주장이 받아들여져 논의는 흐지부지 사그라졌다.

"이를 해결하기 위해 많은 방법이 있겠지만, 대한민국의 현실에 가장 알맞은 것은 군의 규모를 줄이고, 대신 첨단화로 가는 것이 맞을 듯싶네."

오랜 시간 군에 있던 김중관은 대한민국군의 앞날은 정해진 것이나 다름이 없다 생각했다.

앞뒤가 맞지 않는 여성 단체들의 반발이나 이에 동조하는 레디컬 페미니스트들과 정치인들의 행태를 보면, 대한민국의 안녕은 모두 남성들의 몫이나 다름이 없었다.

물론 여성 군인이 없다고 할 순 없었다.

그 때문에 남자들만 대한민국의 모든 안보를 책임진다 말할 수는 없다.

하지만 여군들은 남자들처럼 자신의 뜻과 상관없이 의무로 군에 징집이 된 것이 아닌, 본인들이 선택한 것이다.

그러니 여성 단체들이나 이에 동조하는 사람들과는 그 결이 달랐다.

아무튼 인구 감소와 그로 인해 군에 필요한 성인 남성들의 숫자가 줄어드는 현실 탓에 대한민국 군대가 취해야 할 포지션은 한정적일 수밖에 없었다.

"하지만 그러기 위해선 많은 예산이 필요합니다."

"물론 돈이 필요하다는 것은 잘 알고 있네. 하지만……."

"잠시만, 제 이야기를 좀 더 들어 주십시오."

수호는 본인의 생각을 이야기하려는 김중관의 말을 끊으며 말을 이어 나갔다.

본인이 의무로 군에 입대하였을 때, 그리고 적성에 맞아 군에 장기 지원을 하고 해외 파병을 나가 경험한 것들을 이야기했다.

그러다 작전 중 부상을 당해 느낀 절망이나, 상이군인에 대한 보상이 부족한 점 등 군에 대한 자신의 소감을 이야기하였다.

이러한 수호의 이야기를 들은 김중관의 표정은 심각하게 굳어져 갔다.

그 또한 나라를 위해 희생한 젊은이들의 처우가 세계 기준에 미치지 못하는 것을 알고 있었다.

하지만 이렇게까지 낙후되었을 줄은 상상도 못 했다.

듣고 있자면 무슨 정신론을 주장하던 근대의 일본군을 보는 것만 같았다.

미국의 경우 국가와 국민을 위해 희생하는 이들에 대한 처우는 아주 높았다.

하지만 미국의 동맹인 대한민국은 어떤가.

기본적으로 대한민국의 국민들은 군인에 대한 인식이 무척이나 좋지 못했다.

이는 군인 출신이 정권을 잡으면서 독재를 하고, 또 뒤이어 다른 군인이 쿠데타로 정권을 잡아 인권을 유린한 사건으로 인해 인식이 나빠졌기 때문이다.

그러한 결과가 현재의 대한민국이다.

조금만 생각하면 자신들의 자식이자, 형제들이 바로 대한민국의 군인인데 말이다.

"군인에 대한 인식부터 바꿔야 합니다. 그러기 위해선 군 내부에서부터, 그리고 법령 또한 지금의 대한민국에 맞게 고쳐야 합니다."

수호는 그동안 자신이 보고 느낀 것을 이야기하였다.

"그렇게만 해 준다면, 전 제가 개발한 모든 것을 대한민국에 제공할 의사가 있습니다."

열변을 토하는 수호의 모습에 김중관은 아무런 말도 하지 못하고 가만히 듣고만 있었다.

아니, 그럴 수밖에 없었다.

자신은 분명 앞에 앉아 있는 수호보다 몇 배나 오랜 기간 군에 있었다.

때문에 그의 말에 수긍하는 부분도 있고, 또 이해가 가지 않는 부분도 없진 않았다.

하지만 이해가 가지 않는다고 해서 직접 겪어 본 이의 경험담을 무시할 수는 없었다.

게다가 수호는 대한민국을 이끌어 가는 경영자 중 한 명이고, 또 세계에서 찾아보기 힘든 무기들을 개발하여 국가 방위에 큰 이바지를 하고 있는 인물이었다.

그러니 김중관으로서는 수호를 함부로 대할 수가 없었다.

"알고 계시는지는 모르겠지만, 현재 제가 가지고 있는 재산이나 지식은 고문님이 상상하시는 것 이상입니다."

무엇 때문에 이런 말을 꺼낸 것인지 김중관은 파악할 수는 없었다.

하지만 수호는 이를 개의치 않고 자신이 할 말을 이어갔다.

"오늘 무슨 이유로 절 부르신 것인지는 잘 들었습니다. 물론 그렇게 해 줄 수도 있습니다."

수호는 김중관이 자신을 부른 이유가 어찌 보면 앞으로의 계획과 일맥상통하는 부분도 있다 생각했다.

그렇지만 그것을 무작정 들어주기에는 아직 대한민국 군이 가지고 있는 제도가 너무도 허술했다.

만약 그의 말대로 아미 타이거를 위해 자신이 개발한 파워 슈트와 소형 전술 차량을 군에 납품을 하면, 어떤 일이 벌어질지 보지 않아도 빤했다.

장성들 중 일부는 바로 미군에 연락하여 자신들이 보유하고 있는 장비들을 가져다 바칠 것이다.

그들에게는 자신들의 행위가 국가에 어떤 영향을 미칠 것인지는 고려의 대상이 아니었다.

자신과 가족들이 누릴 것에만 관심이 있을 뿐이었다.

그렇다고 대한민국 정부가 군인으로서 국가의 기밀을 외국에 노출한 이들을 강력하게 처벌을 하는 것도 아니었다.

어처구니없는 변명을 그대로 인용하면서 그들을 감싸고돈다.

이는 명백한 이적 행위임에도 불구하고 동조하는 것이다.

수호는 이러한 점을 꼬집어 김중관에게 이야기했다.

그런 수호의 말에 김중관도 더 이상 반박할 수가 없었다.

일부 장군들의 일탈이라 하기에는 그 영향이 너무도 컸다.

"장군의 숫자를 늘린다고 군이 강해지는 것은 아닙니다. 군의 장비가 최첨단이라고 해서 군이 강해지는 것도 아닙니다."

수호는 원론적인 이야기만을 했다.

김중관은 조용히 그 말을 경청했다.

"지금까지 제가 한 것들을 처리해 주신다면, 저도 안심하고 군에 파워 슈트와 세트가 되는 소형 전술 차량까지 납품하겠습니다. 아니, 제가 개발한 모든 것들을 납품하겠습니다."

수호는 두 눈을 부릅뜬 채 자신의 생각을 김중관 고문에게 이야기하였다.

그가 비록 전역하고 실권이 없다고는 하지만 장군회의 고문으로서 영향력이 아예 없다고는 할 수 없다.

그도 그럴 것이, 장군회는 예비역 장성들의 모임이고, 또 현역에 있는 장군들도 언젠가는 이들 모임에 가입할 것이니 당연한 소리다.

*　　　*　　　*

파워 슈트라니, 그게 현실에서 가능한 것이란 말인가?

김중관 고문으로부터 전해진 말에 육군본부 참모부

장군들은 물론이고, 특수전 사령부에 소속된 장군들 모두 하나같이 경악을 금치 못했다.

세계 초강대국인 미국도 중도 포기한 것이 바로 파워 슈트다.

물론 그건 어디까지나 소련이 붕괴되면서 더 이상 미국의 적이 없다는 가정하에, 갈수록 늘어나는 무역 적자로 인한 예산 부족 때문에 폐기된 프로젝트다.

미국이란 나라는 너무도 거대한 나라이다 보니 어딘가에서 비밀리에 연구를 계속하고 있을지도 모르지만, 어찌 되었든 공식적으로는 종료가 되었다.

다만, 그동안 연구한 파워 슈트의 자료를 토대로 엑소 스켈레톤 아머를 개발하고 있다.

사실 대한민국군에게는 이 엑소 스켈레톤 아머만 해도 엄청난 기술이었다.

그런데 SH 그룹에서 그보다 더 앞선 파워 슈트를 개발한 것은 물론이고, 이미 실용화 단계에 들어가 있다는 정보에 놀라지 않을 수가 없었다.

"고문께서 확인을 했다고 합니까?"

도저히 믿을 수 없는 정보에 특수전 사령부의 강중천 중장이 질문을 하였다.

"실물을 본 것은 아니지만, 정수호 회장이 조건을 걸며 자신의 조건을 들어주면 우리 군에 파워 슈트를 공급하겠다고 제안을 했다고 하더군."

박수영 참모장이 차분한 어조로 대답을 하였다.

그런 그의 대답에 다시 한번 장내가 소란스러워졌다.

부사관 출신의 기업인이 자신들을 상대로 거래를 하려는 것에 기분이 나쁘기는 했다.

하지만 그렇다고 수호의 조건이 이들에게 나쁜 것만은 아니라 큰 소란은 일어나지 않았다.

"이 모든 것이 불명예스러운 우리 선배들의 잘못 때문에 벌어진 일이니, 뭐라 할 수는 없는 일입니다. 하지만 이참에 확실하게 털고 나가는 것도 좋을 것 같습니다."

조용히 듣고 있던 제7공수 여단장인 김우신 소장이 굳은 표정으로 말을 하였다.

비록 계급이 이들 중 가장 낮기는 하지만 제7공수 여단장이란 직책이 있어서 그런지 어느 누구도 그의 말을 가볍게 여기는 이는 없었다.

"확실히 이참에 확실히 털고 가는 것이 좋지."

김우신 소장에 이어 참모장인 박수영도 동조를 하자 회의실 내에 앉아 있던 장군들도 말없이 고개를 끄덕였다.

언젠가는 없애야 할 폐단이었다.

군내에서 비위를 저지르는 장성들이나 고위 장교들의

범죄는 더 이상 묵과할 수 없을 정도로 곪아 있었다.

장군회와 연결된 장성들 중에서도 이와 연관된 예비역 장성들이 꽤 있었다.

"그럼 이참에 기무사령부에서 힘 좀 써 보도록 하죠."

합동참모부 회의는 그렇게 결정 났다.

수호가 군에 건넨 조건을 수락하기로 하고, 일이 끝난 뒤 특수전 사령부로 파워 슈트를 보급받는 것으로 말이다.

*　　　*　　　*

"군에서 정수호 사장의 조건을 받아들이겠습니까?"

심보성 아레스 사장은 조심스럽게 물었다.

그런 심보성 사장의 질문에 김중관 고문은 담담히 대답을 하였다.

"그들도 어느 것이 중한지 알겠지. 그러니 정신이 바로 섰다면 받아들이지 않겠나?"

"하지만 그렇게 되면 몇몇 장군들은 불명예로 인해 옷을 벗어야 할 텐데 말입니다."

심보성 사장은 군을 위해서라면 정수호 SH 그룹 회장의 조건을 받아들이는 것이 좋다고 생각했다.

그렇지만 군을 위해 자신의 명예를 희생하려는 장군들이 몇이나 있겠는가.

심보성 사장은 그것이 걱정됐다.

하지만 심보성 사장의 우려가 무색하게도 육군본부에서의 회의는 바람직하게 진행되고 있었다.

＊　　　＊　　　＊

[마스터, 그들이 마스터의 조건을 받아들일까요?]

슬레인은 우려 섞인 목소리로 질문을 하였다.

그런 슬레인의 질문에 수호는 빙그레 미소 지으며 대답하였다.

"예전이라면 네 말대로 받아들이지 않을 수도 있었지만, 지금은 다르지."

무슨 근거에서 이렇게 자신하는지 알 수 없었지만, 수호는 장성들이 자신을 조건을 받아들일 것이라 확신했다.

수호가 이런 믿음을 갖는 것에는 중국의 움직임에 있었다.

중국 정부는 과도하게 미국에 대항하면서 태평양으로의 영향력을 확대하기 위해 팽창 정책을 벌이고 있다.

중국이 태평양으로 진출을 하기 위해선 우리 대한민

국과 일본, 그리고 대만을 넘어야 한다.

세계의 수많은 군사 전문가들은 대한민국의 군 전력을 넘지 못하고 중국이 실패할 거라 예측했다.

그럼에도 불구하고 중국 정부는 한반도와 가까운 산둥성 쪽으로 로켓과 포병대를 배치하고 있었다.

수호는 이런 중국의 움직임에 급하게 초장거리 포를 개발한 것이다.

이를 대한민국 육군도 느꼈기에 장군회를 통해 수호가 제안한 초장거리 포를 채택하고 군에 도입하였다.

하지만 초장거리 포가 있다고 해서 중국군의 산둥성 배치를 완벽하게 통제를 할 수는 없었다.

그렇게 또 다른 전력이 필요하던 와중 SH 그룹에서 신개념 무기를 개발한 것이다.

파워 슈트는 단순히 군의 전술만이 아닌, 전략까지도 바꿀 수 있는 무기였다.

최신형 탄도 미사일이나, 순항미사일, 그리고 전투기와는 다른 개념으로 군의 작전을 구상할 수 있을 뿐만 아니라, 상대에게 많은 생각을 하도록 강제할 수 있었다.

즉, 적에게 오판을 하지 않게 만들 수 있다는 것이다.

그러니 수호가 이렇게 자신을 하는 것이다.

"두고 봐. 그들은 어쩔 수 없이 내가 제시한 조건을

울트라 코리아

들어줄 수밖에 없을 테니."

[그렇게 된다면 한국의 군대는 지금보다 더 강력해지겠군요.]

"그렇지. 대한민국의 전력은 지금과는 비교가 되지 않을 정도로 막강해질 거야."

수호는 두 눈을 반짝이며 고개를 끄덕였다.

[그런데 그들에게 어느 정도까지 지원해 주실 생각입니까?]

그동안 수호는 절대로 최신의 것을 군이나 다른 곳에 그대로 주지 않았다.

미국이나 러시아가 그러던 것처럼, 아니, 무기를 판매하는 모든 나라들처럼 자국이 보유한 무기와 같은 것을 공급하지 않았다.

그저 한 단계, 혹은 두 단계 이전의 것들을 전해 주었다.

물론 SH항공에서 개발한 KFA—01은 개발한 그대로 판매하기는 했다.

하지만 이는 군이 성능을 저하시킬 필요성을 찾지 못했기에 그대로 판매한 것이다.

만약 대한민국 공군이 KFA—01을 채택했더라면 이 또한 다운그레이드해서 판매했을 것이 분명하다.

혹은 대한민국 공군에 더욱 강력해진 것을 납품했을 것이다.

"그야 당연히 우리가 가진 것보다 한 단계 낮은 등급

의 파워 슈트를 공급할 계획이야."

아니나 다를까, 수호의 대답은 슬레인이 예상한 그대로였다.

이는 혹시라도 군에 보급한 파워 슈트가 어떤 경로로 외부로 유출되더라도 비교 우위를 가질 수 있게 만들기 위해서다.

또 그게 아니더라도 최신의 것은 자신이 통제하고 있어야 비상사태가 벌어지더라도 대처가 가능하다 판단했기 때문이다.

아무리 조심을 하더라도 아는 사람이 많을수록 비밀은 지키기 어려워지기 마련이다.

때문에 분명 군에 자신이 파워 슈트를 납품하는 순간 우선적으로 미국의 귀에 들어갈 것이다.

게다가 미국뿐만 아니라 일본과 중국으로도 정보가 넘어갈 것이 분명했다.

물론 정보가 그들 나라에 넘어가더라도 자신이 거절하면 된다.

하지만 아직까지 대한민국의 힘은 세계 최강 미국을 벗어날 수가 없었다.

만약 그런 힘이 있다면, KFA—01의 출고식 때 그렇게 미국과 계약을 하지도 않았을 것이다.

어렵게 전투기를 개발했으면서도 겨우 무기 통합의

조건으로 판매 계약을 했다는 것은 그만큼 대한민국의 힘이 약하다는 것을 방증한다.

그렇지 않았다면 오히려 무장 통합에 대한 비용을 받아 가며 판매했을 것이다.

[그렇다면 차라리 미국에 이 정보가 넘어가는 것이 좋겠군요?]

슬레인은 마스터인 수호와 대화를 하던 중 그가 무엇을 원하는지 깨달았다.

"아마 지금쯤이면 파워 슈트에 대한 정보가 미국에 넘어가 있겠지."

[네? 정말 그럴까요?]

슬레인은 의문 가득한 표정으로 물었다.

수호의 앞에 나타난 홀로그램은 마치 인간과도 같은 표정을 짓고 있었다.

"미국은 네가 상상하는 것보다 더 엄청난 정보 수집 능력을 가지고 있다."

[물론 미국이 가진 정보 수집 능력은 저 또한 알고 있습니다. 제가 정보를 얻는 통로 중 하나가 CIA의 것이니 말입니다.]

마스터인 수호를 보조하기 위해 슬레인은 인터넷을 통해 전 세계의 정보를 수집하고 있다.

그중에는 일반적으로 사용되는 검색엔진도 있지만, 은밀한 정보를 취득하기 위해서 딥웹이나 CIA와 같은 각국의 정보 조직이 운영하는 인트라넷에도 들어갈 수 있었다.

"그렇다면 잘 알 거야. 티베트와 신장 위구르 지역의 독립운동을 하는 단체들의 보안 의식이 얼마나 취약한지. 그리고 야쿠자들에게까지 파워 슈트를 나눠 주었어. 이런데 비밀이 지켜질 것이라고 봐?"

수호는 가볍게 이야기를 하며 슬레인에게 물어보았다.

[아! 그럼 마스터께서는 이미 이런 일을 내다보시고 그것을 지급한 것이군요.]

방금 전 수호가 한 말이 진실인지 거짓인지는 알 수는 없지만, 지금까지의 일들이 단순한 변덕 때문에 벌어진 일이 아니라는 것은 알 수 있었다.

"다른 것은 모르겠지만, 군사작전에 관한 것은 나 또한 너 못지않게 계획을 세울 수 있다."

외계의 오버 테크놀로지로 만들어진 인공지능 생명체인 슬레인과 비교를 하면 부족할지 모르지만 수호의 지능 또한 인간을 초월한 초인의 것이었다.

그렇기에 슬레인이 수집한 정보들을 가지고 함께 수많은 첨단 기술을 습득하고 결과물을 만들어 내지 않았는가.

"예전에는 우리나라가 미국에 예속이 되었지만, 이제는 아니야!"

수호는 두 눈을 차갑게 반짝였다.

대한민국은 일제에게서 독립하고 얼마 지나지 않아 이데올로기로 인해 남북으로 갈려 전쟁을 치렀다.

그리고 현대로 오는 과정에서 미국으로 인해 대한민국은 많은 부분에서 손해를 감수할 수밖에 없었다.

해방 이후 한반도의 남쪽은 북한보다 경제적인 측면에서 뒤처져 있어 미국의 말을 따를 수밖에 없었기 때문이다.

하지만 그것도 잠시, 한국인들은 본연의 근면 성실함으로 한강의 기적을 이룩하면서 선진국으로 들어서지만, 많은 나라들은 이를 인정하지 않았다.

경제적으로 선진국이 되고 군사적으로도 손에 꼽을 정도의 강국이 되었지만, 한국인들마저도 자신들이 아직 후진국이라 믿었다.

하지만 대한민국의 경제력은 물론이고 군사력까지 다른 나라가 함부로 볼 수 없을 정도로 크게 성장을 했다.

자체적으로 최신 전투기를 제작하여 생산을 하고, 초음속 순항미사일은 물론이고, 3,000㎞ 이상의 사거리를 가진 탄도미사일까지 개발한 나라다.

이러한 것이 얼마나 대단한 것인지 모르고 단순하게 핵무기를 보유하지 않았다는 이유만으로 대한민국의 군사력을 폄하하는 이들이 많았다.

그런데 대한민국은 핵무기만 보유하지 않았을 뿐이지 다른 무기나 장비들은 최고 수준에 이르러 있었다.

특히나 MD 체계는 세계에서 가장 우수할 정도로 발달해 있다.

이스라엘의 아이언 돔을 능가할 스카이 넷 시스템을 완성하여 배치를 하고 있었다.

탄도미사일은 물론이고, 북한이 자랑하는 장사정포의 공격도 완벽하게 막아 낼 수 있는 첨단 미사일 방어시스템은 박격포탄이나 로켓을 방어라는 아이언 돔은 감히 비교가 불가할 정도로 완벽한 시스템이다.

수호가 개발한 미사일 방어 체계로 인해 대한민국은 더 이상 미국에 국가의 방어를 의지하지 않아도 될 정도에 이르렀다.

그저 일반 국민들이 모르고 있을 뿐이다.

수호는 국민이 이런 상태가 더 좋을 거라 판단하였기에 굳이 이를 떠들지 않았다.

주변국을 자극할 수도 있기에 방어 무기를 굳이 외부에 알리지 않는 것이다.

다만, 공격 무기로 활용할 수 있는, 예를 들면 사거리 1,000㎞에 이르는 초장거리 포의 경우와 같은 무기는 널리 알려 상대가 함부로 도발을 하지 못하게 외부에 알리게 놔두었다.

[그럼 방어 체계를 좀 더 보강하는 것은 어떻겠습니까?]

마스터인 수호의 생각을 읽은 슬레인은 개발 완료한 MD 체계에 더해 해상 또는 수중에서 들어오는 공격에 대한 방어도 생각해 이를 제안하였다.

"더 보강할 것이 있나?"

[지상에서 발사되는 투사체에 대한 방어는 완벽하지만, 해상이나 수중에서 들어오는 공격에 대한 방어 체계는 완벽하다 보기 힘들지 않습니까?]

"아!"

수호는 슬레인이 무슨 말을 하는 것인지 깨달았다.

스카이 넷은 지상에서 발사되는 무기들에 대한 방어는 완벽하게 방어가 가능하지만, 발사 지점이 명확하지 않은 해상이나 수중에서의 공격은 100% 방어가 가능하다고 장담을 할 수가 없었다.

물론 스카이 넷은 고 에너지 무기 즉 레이저를 이용한 방어 체계였기에 발사 지점을 알지 못하더라도 미사일을 포착하고 이를 요격하는 것이 다른 MD 체계보단 신속하게 이루어질 것이다.

하지만 100% 요격이 가능하다고 장담하지는 못했다.

만에 하나라도 놓치게 된다면 큰 피해가 예상이 되기에 수호는 슬레인의 말에 귀를 기울였다.

3. 미국이 알게 되었다

저녁 9시가 넘은 늦은 시각, 막 업무를 마치고 집무실을 나가려던 존 바이드 대통령은 느닷없이 열린 집무실 문으로 인해 깜짝 놀랐다.

절대로 있을 수 없는 결례가 벌어진 것이기 때문이다.

하지만 집무실 문을 열고 들어온 이의 표정을 보니 그가 모르는 급한 용무가 있는 것 같아 결례를 참기로 했다.

"무슨 일인데 이렇게 다급하게 문을 열고 들어오나?"

문을 열고 들어온 자신의 수석 안보 보좌관을 차분히

쳐다보았다.

"극동에서 엄청난 것이 나타났습니다."

안보 보좌관은 밑도 끝도 없는 말로 존 바이드 대통령에게 보고를 하였다.

"그게 무슨 소린가?"

"음, 그러니까 중국과 일본에 파워 슈트로 짐작이 되는 물건이 나타났다고 합니다."

"파워 슈트? 그게 뭡니까?"

안보 보좌관 이안 맥그리거는 조금 전 CIA 국장과 펜타곤으로부터 전해진 소식을 전달했다.

하지만 다른 업무를 보다 이를 막 마무리한 존 바이드 대통령은 그 말을 쉽게 이해하지 못했다.

이에 이안 맥그리거 보좌관은 파워 슈트에 관해 자세한 이야기를 들려주었다.

그리고 모든 설명을 듣고서야 방금 이안 매그리거 보좌관이 무엇을 설명하는 것인지 깨달았다.

그 또한 군 출신이다 보니 파워 슈트에 대한 연구 프로젝트에 관해 대략적으로 알고 있었다.

차세대 군 전략 중 하나인 랜드워리어 프로젝트의 플랫폼 중 하나이던 연구 과제가 바로 파워 슈트였다.

하지만 그 연구는 막대한 예산을 투입하고도 실패로 끝나 다른 프로젝트로 흡수되었다.

그런데 느닷없이 무슨 파워 슈트란 말인가.

존 바이드 대통령은 도무지 지금 무슨 일이 벌어지고 있는지 잘 이해가 가지 않았다.

세계 최강, 세계의 과학기술을 집대성한 미국이 버린 프로젝트를 자신들보다 낙후된 극동의 국가에서 성공했다는 것에 놀라지 않을 수 없었다.

아니, 극심한 업무에 시달리고 있는 자신의 기분을 풀어 주기 위한 만우절 장난은 아닌가? 하는 생각이 들 정도다.

그렇지만 만우절은 벌써 반년 전에 지났다.

또 자신의 부관은 그런 장난을 칠 정도로 정신적으로 문제가 있지 않았다.

그 말은 지금 전한 보고가 절대 거짓이 아니란 것이다.

하지만 이 또한 진실로 받아들이기에는 문제가 많아 좀처럼 갈피를 잡을 수가 없었다.

"일본은 그렇다고 해도 중국이 파워 슈트를……."

자신도 모르게 존 바이드 대통령은 자신의 생각을 입으로 중얼거렸다.

그런데 그런 존 바이드 대통령의 중얼거림을 들은 이안 맥그리거 보좌관은 그가 잘못 알고 있는 부분을 정정해 주었다.

"중국이 아니라 정확하게는 중국 정부에 독립 투쟁을 하고 있는 티베트와 신장 위구르의 독립 단체가 파워 슈트를 사용하고 있다고 합니다."

"허! 그게 사실이라면 도대체 어느 나라가 그것을 개발했다는 소린가?"

"그게… 아직 정확한 정체를 알 수는 없지만 예상되는 국가가 몇 곳 있습니다."

"그래, 어디?"

존 바이드 대통령은 짐작이 가는 국가가 있다는 이야기에 관심을 보이며 물었다.

"일단 또 다른 발견 국가인 일본을 들 수 있습니다."

이안 맥그리거 보좌관은 조심스럽게 자신의 생각을 말하였다.

그러면서 가장 첫 번째로 파워 슈트를 개발할 수 있는 나라로 중국과 함께 파워 슈트가 발견된 일본을 언급했다.

일본은 미국에 버금갈 정도로 기초과학이 발달해 있으며, 몇몇 첨단 산업에서는 미국을 앞서 있을 정도로 발달하였다.

특히나 로봇공학 쪽으로 미국과 비등할 정도로 발달해 있으며, 산업 분야에 이미 엑소 스켈레톤 아머를 사용 중이다.

그 때문에 이안 맥그리거 보좌관은 가장 먼저 일본을 언급한 것이었다.

그다음으로 언급한 나라는 러시아다.

러시아는 구소련 시절, 미국처럼 수많은 군사 무기를 연구하였고, 그중 미국의 엑소 스켈레톤과 같은 것도 있었기 때문이다.

러시아 다음으로는 프랑스였다.

프랑스가 언급이 되자 존 바이드 대통령이 의아한 표정을 지었다.

그는 프랑스가 아닌 독일을 생각하고 있었다.

예전만 못하지만 독일 또한 로봇공학에선 상당한 기술력을 가진 나라였다.

하지만 프랑스는 자신들 미국이 랜드워리어 프로젝트를 진행할 때, 이와 유사한 프로젝트를 연구했다.

게다가 프랑스와 중국 간의 마찰을 생각하면 충분히 가능한 일이란 생각이 들기도 했다.

"그리고 한국을 들 수 있습니다."

"한국? 한국이 파워 슈트를 개발할 역량이 있는 나라인가?"

이안 맥그리거 보좌관은 마지막으로 대한민국을 최종 후보로 언급하였다.

그런 이안 맥그리거의 이야기에 존 바이드 대통령은

고개를 갸웃거리며 물었다.

그는 아직도 대한민국이 미국의 원조를 받던 나라라는 생각에 빠져 있었다.

최근 급속히 발전을 하기는 했다.

하지만 그렇다고 자신들이 개발 실패를 한 파워 슈트를 개발했다고 믿기는 힘들었다.

차라리 가장 먼저 언급을 한 일본이 훨씬 타당하다는 생각이 들었다.

"흠, 그보단 처음 언급한 일본이 좀 더 가능성이 있지 않나? 센카쿠 열도를 둘러싼 영토 분쟁도 있고 하니…….""

존 바이드 대통령은 한국은 절대 아니라고 생각했다.

그도 그럴 것이, 조금 전 이안 맥그리거 보좌관이 언급을 한 것처럼 한국은 중국과의 관계가 다른 언급된 나라에 비해 그리 나쁘지 않았기 때문이다.

일본의 경우 센카쿠 열도를 둘러싼 영토 분쟁이나 쿼드 문제로 대립하고 있으며, 프랑스의 경우 중국과 경제 문제로 다투고 있다.

또한 러시아의 경우 같은 공산국가이지만 갈등을 하고 있으며, 영토 분쟁을 하기도 했다.

그에 반해 한국은 경제가 중국에 많이 의존을 하다 보니, 그들의 헛기침에도 움찔하는 나라였다.

그런데 자국 군대에 보급하지 않고 중국에 독립을 하기 위해 무장 투쟁을 하는 티베트와 신장 위구르에 먼저 그것을 보급한다는 것은 좀처럼 믿음이 가지 않는 정보였다.

물론 다른 후보 나라들도 자국의 군대에 파워 슈트를 보급했다는 정보는 없었다.

그렇지만 상식적으로 생각해봐도 한국이 그 후보에 들어가는 것은 일단 아니란 생각이 들었다.

"그렇게만 생각하실 것이 아니라고 봅니다."

이안 맥그리거 보좌관은 최근 몇 년간 대한민국에서 개발된 신무기에 대해 이야기하였다.

미국이 개발한 것보다 우월한 성능의 방탄복을 개발하고, 거기에 더해 뿌리기만 하면 방탄 능력을 가지게 만드는 신물질을 개발하였다.

또한 생산 비용이 확 줄어든 4.5세대 전투기를 만들어 내기도 했다.

그것도 하나가 아니라 두 대의 전투기를 말이다.

그리고 그중 한 개의 기종은 자신들도 도입하기 위해 시험하고 있는 중이다.

게다가 중국 정부의 지령을 받은 것으로 예상이 되는 중국 해상민병이 작년 초에 한국의 SH 그룹 회장을 습격하려다 미수에 그친 일이 있었다.

이 사건은 미군과 함께 합동작전을 벌인 일이었고, 존 바이드 대통령도 짧게나마 보고를 받은 사항이다.

그럼에도 존 바이드 대통령은 이를 인지하지 못하고 있었다.

당시 습격을 받았던 SH 그룹 회장은 현재 대한민국의 군의 선진화를 뒷받침하는 인물이었다.

먼저 언급한 방탄복과 방탄 스프레이를 개발한 장본인이며, SH항공을 세워 4.5세대 첨단 전투기를 만들어 냈다.

그리고 미국도 도입하고자 하는 초장거리 포를 개발해 한국 육군과 납품 계약을 성사시키고 개량을 통해 해군용으로도 개발 중이다.

이렇게 육해공으로 다양한 첨단 무기를 연구한 사람에 대한 테러를 모색한 전력이 있기에 이안 맥그리거는 이를 감안해 판단한 것이다.

"그런 일이 있었나?"

"예, 그렇습니다. 비록 파워 슈트가 첨단 전투기나 초장거리 포 등과는 그 궤를 달리하는 무기 체계라고는 하지만, 다양한 분야에 두각을 내고 있는 SH 그룹을 생각하면 그냥 넘어가기에는 무언가 꺼림칙한 느낌이 듭니다."

"음……."

안보 보좌관의 이야기를 모두 들은 존 바이드 대통령은 깊은 침음성을 냈다.

그의 말이 전혀 신빙성이 없지 않았기 때문이다.

그동안 생각지도 못한, 획기적인 신무기들을 만들어 날로 강력해지는 한국의 군대를 생각하면 파워 슈트를 개발했다고 해서 이상하게 느껴지진 않았다.

"그건 그렇다고 하고, 그런데 이런 보고를 하는 것은… 설마?"

존 바이드는 잠시 생각을 하다가 아직 이 보고의 결론을 듣지 못했다는 사실을 깨달았다.

"짐작하신 것처럼 군과 CIA에서는 파워 슈트를 만든 곳이 러시아만 아니라면 적극적인 도입을 요망하고 있습니다."

극동아시아 지부를 통해 랭글리 CIA 본부로 전달된 정보를 분석한 그들은 가능하다면 파워 슈트를 도입해 현장 요원에게 지급할 것을 건의해 왔다.

펜타곤 또한 DIA로부터 수집된 정보를 토대로 중국을 적대하는 국가가 파워 슈트로 짐작되는 물건을 개발한 것이 확인되었으니, 자신들도 이것을 수입해서라도 사용하는 것이 미국에 이익이라는 보고를 했다.

실제로 이게 가능하다면 분명 미국에는 큰 도움이 될 것이 분명했다.

"하지만 예산이……."

세상의 모든 것은 예산이 지배를 한다.

세계 최강 미국의 대통령이라도 이 문제 앞에서는 고개를 숙일 수밖에 없었다.

특히나 요즘 들어 국방 예산은 날로 삭감되고 있는 상태다.

그로 인해 개발된 지 이제 불과 20여 년 정도밖에 지나지 않은 F—22 스텔스 전투기의 조기 퇴역이 결정되기도 했다.

이는 작전 유지비가 너무 높아 가동률이 겨우 30%도 되지 않았기 때문이다.

이 말은 100대의 전투기 중 불과 30대 정도만 정상 가동을 한다는 말과도 일맥상통했다.

기존 4세대 전투기와 100:1의 교전비를 가진 전투기이면 뭐하겠는가? 전시가 아니면 그저 고가의 애물단지에 불과했다.

전투기는 그냥 단순하게 만들기만 하면 영구적으로 사용할 수 있는 물건이 아니다.

한 번 작전을 나갔다 돌아오면 하나에서 열까지 모든 것을 점검하고, 이상이 있는 부분은 교체하여 기능을 복구해 놔야 다음 작전에 투입을 할 수가 있었다.

그런데 최첨단 5세대 스텔스 전투기의 경우, 일반적

인 점검 말고도 또 다른 문제가 있었다.

바로 5세대 전투기의 핵심이라 할 수 있는 스텔스 성능을 갖기 위해선 특수한 도료를 표면에 발라야 하는데, 이것이 너무도 비싸다는 것이다.

운용을 하지 않더라도 6개월에 한 번씩 새롭게 칠해 줘야 그 성능을 유지할 수 있고, 혹시나 훈련이나 작전을 뛰게 되면 새롭게 칠해 줘야만 하기에 유지비를 감당할 수 없었다.

그렇기에 이에 대한 대안으로 새로운 차세대 전투기를 개발을 하는 한편, 그 공백을 메우기 위해 한국, 아니, 정확하게 SH항공에서 개발한 KFA—01을 도입하려는 것이다.

미 공군은 5세대 스텔스 기의 존기 퇴역으로 인한 공백을 막기 위해 작년부터 KFA—01의 성능 테스트를 하고 있고, 비행 적합성 테스트까지 완벽하게 통과하자 이를 펜타곤에 건의하였다.

퇴역하는 F—22를 대체할 수량만큼 구매해 달라는 것이다.

그러나 예산이 문제였다.

비록 KFA—01이 여느 4세대나 그 이상의 4.5세대 전투기로 불리는 제트 전투기들 중에서 저렴한 편이라고 하지만, 미국의 국방 예산은 꼼꼼하게 짜인 계획하에 집행이 된다.

그 때문에 미국은 타국의 전투기인 KFA—01을 도입하기 위한 돈이 없었다.

그러다 보니 특별예산을 편성해야 하는데, 이는 미 의회가 승인해 줘야 집행이 가능했다.

그 말은 대통령인 존 바이드가 미 의회를 찾아가 고개를 숙여야 한다는 말이나 마찬가지였다.

하지만 존 바이드의 입장에선 그것이 죽도록 싫었다.

세계 최강인 미국의 최고 통수권자인 그가 의회 위원들에게 고개를 숙이는 것은 뭔가 자존심이 상했다.

그것도 자신의 필요에 의해서 어쩔 수 없이 그런 것도 아니고, 공군의 미래 전략 예상이 빗나간 것 때문이었다.

하지만 시간이 흐를수록 존 바이드 대통령도 이는 어쩔 수 없다는 것을 인지하기 시작했다.

그런 상황에 또 다른 것이 튀어나왔으니 존 바이드는 골치가 아파 왔다.

그렇다고 CIA와 펜타곤의 요구를 거절하기도 참으로 애매했다.

다른 것도 아니고 미래에도 미국의 위상을 고착화하기 위해 계획한 랜드워리어 시스템의 기본이라 할 수 있는 파워 슈트가 자신들의 손이 아닌 다른 나라에서 개발이 되었기 때문이다.

자신들은 실패를 하여 다른 프로젝트로 찢겨 나갔는데, 다른 나라에서 그것이 개발이 완료가 되었다.

현재야 미국이 최강이라고 지금의 위치를 가지고 가겠지만, 시간이 흘러 세월이 어느 정도 흘렀을 때도 미국이 지금의 위상을 가지고 있을 것이란 장담을 할 수가 없었다.

어느 국가인지 모르겠지만 파워 슈트를 보유한 나라는 날로 전력이 강력해질 것이고, 또 미국이 그러던 것처럼 그것을 무기화하여 다른 나라들과 협상을 할 것이 분명했다.

그로 인해 필요한 기술이나 무기들을 도입해 더욱 강력해질 것이란 것은 보지 않아도 빤한 결과였다.

그러니 미국이 미래에도 지금과 같은 위치를 갖기 위해선 하루라도 빨리 파워 슈트를 개발한 국가와 협상을 하여 이를 도입하거나, 자신들도 파워 슈트를 개발해야만 했다.

그렇지만 자신들이 파워 슈트를 만드는 것은 엄두가 나지 않았다.

이미 한차례 천문학적인 예산을 투입했음에도 프로젝트를 실패했기 때문이다.

그때와 지금은 기술력이 다르다 해도 오십 보 백 보

이기에 존 바이드 대통령이 생각하기에 자국 내에서 파워 슈트를 개발한다는 것은 요원하다는 판단을 내렸다.

'하!'

존 바이드 대통령은 자신도 모르게 속으로 한숨을 쉬어야 했다.

'또 예산을 타 내기 위해 고개를 숙여야겠군.'

존 바이드 대통령은 두 눈을 감아 버렸다.

그런 대통령의 모습에 이안 맥그리거 안보 보좌관은 아무런 말 없이 지켜봤다.

지금 보이는 대통령의 모습이 무엇을 뜻하는지 너무도 잘 알기 때문이다.

*　　　*　　　*

김중관 장군회 고문에게 제안을 끝낸 수호는 바로 한마음 당의 원로 의원인 채낙연을 만나러 갔다.

아니, 채낙연을 만나러 가면서 민족당 의원인 신준식도 불렀다.

이들 두 사람은 한때 국방위에 속해 있던 의원들로 비록 소속된 당은 다르지만 두 사람 모두 대동회에 속해 있는 회원이기도 했다.

즉, 수호에게 코가 꿰어 있는 이들이다.

"오랜만입니다."

3년 전 심양 컴택의 주상욱 사장이 벌인 일로 엮인 채낙연과 신준식 의원은 오랜만의 호출에 수호보다 먼저 약속 장소에 나와 있었다.

"예, 오랜만입니다."

수호에게 금제가 된 채낙연은 자신보다 한참이나 어린 나이의 수호에게 고개를 숙여 보이며 존칭을 사용하였다.

그리고 그건 채낙연 뿐만 아니라 신준식 의원도 마찬가지였다.

금제로 인해 남자로서 회춘하기는 했지만, 그래도 일단 뭔가 약점을 잡힌 것에 대한 두려움이 있기에 어쩔 수 없이 나오는 본능적인 행동이다.

"그렇게 긴장을 할 것은 없습니다."

수호는 자신을 두려워하는 모습을 보이는 두 사람을 보며 가볍게 말을 꺼냈다.

"아, 예."

아무리 긴장하지 말라고 하더라도 힘을 가진 자와 복종한 자 사이에는 어쩔 수 없는 갭이 있을 수밖에 없었다.

그런 두 사람의 모습을 보던 수호는 더 이상 그들에게 어떤 말을 하기보단 자신이 하고자 하는 이야기를 들려주었다.

"전에도 이야기한 적 있지만, 내겐 소원하는 것이 하나 있습니다."

수호는 3년 전 이들을 제압하면서 한 이야기를 다시 한번 꺼냈다.

당시 수호는 문성국에게 납치당하는 경험을 하고 또 둘째 큰아버지가 조선족 조폭들에게 납치되는 상황을 겪으면서 대한민국에 암약하는 대동회에 대한 적개심을 가지게 되었다.

다만, 이를 징치하기에는 이들이 너무도 대한민국 사회에 뿌리 깊게 자리를 잡고 있어 어쩔 수 없이 타협을 하였다.

원래라면 연관된 이들을 모두 죽여 버렸을 것인데, 그렇게 한다면 너무도 많은 사람들을 없애야 한다는 걸 깨닫고 생각을 바꾸었다.

죽일 수 없다면 자신의 밑에 두고 이용하기로 한 것이다.

그래서 문성국과 그 밑에 있는 사람들을 제압한 것처럼 이들도 약품을 이용해 금제를 가했다.

다만, 사건의 원인이 된 주상욱만은 용서할 수가 없어 창호파처럼 처리하려 하였는데, 눈치를 채고 중국으로 도망쳤다.

그러고 보면 수호의 손에서 유일하게 벗어난 이는 주상욱뿐이었다.

아무튼 그렇게 인연을 맺게 된 채낙연과 신준식 의원들을 오랜만에 호출하여 만났다.

"그동안 내가 벌이는 일을 듣고 보았겠죠."

수호는 두 눈을 반짝이며 이들에게 명령을 하달했다.

"조만간 미국으로부터 군 작전권을 회수하게 될 것이니, 탈이 나지 않게 국회에서 먼저 제도를 마련해 주시기 바랍니다."

비록 국방위에서 물러난 두 사람이지만 각 정당에서 막강한 영향력을 행사하는 이들이기에 수호는 두 사람을 부른 것이다.

비록 말은 부탁하는 형태이지만, 수호에게 제압이 된 두 사람에게는 명령으로 들릴 뿐이었다.

"하지만… 아무리 우리가 힘을 쓴다고 해도 힘든 일입니다."

채낙연은 자신들이 당에서 강한 발언권을 가지고 있다고 하지만 엄연히 당에는 당 대표가 있고 원내총무가 있었다.

"무리하게 일을 하시라는 것은 아닙니다. 군 출신들 중에서도 여러분의 말을 동조해 주는 이들이 있을 것입니다."

수호는 장군회에 가입되어 있으면서도 정치를 하고 있는 군 출신 국회의원들이 도울 것이라 이야기를 하였다.

이는 몇 시간 전 만난 김중권 고문에게서 확답을 들은 이야기였다.

대동회 회원 중 두 사람의 영향권에 있는 의원들이 많다고 할 수는 없지만, 장군회 소속 의원들이 많아 충분히 원하는 일을 가능하게 만들 수 있었다.

그러니 수호는 이를 두 사람에게 알리고 자신의 계획을 가능하게 만들기를 원했다.

"그리고⋯⋯."

탁!

수호는 두 사람 앞에 카드 두 개를 내밀었다.

"각각 하나씩 챙기고, 비밀번호는 안에 들어 있으니 알아서 사용하도록."

수호가 넘긴 카드에는 각각 추적이 불가능한 조세 피난처에 넣어 둔 100억 원의 비자금이 들어 있었다.

비록 자신에게 제압이 되어 있다고 해도 다른 이들을 움직이려면 돈이 필요했다.

그렇기에 비자금을 넘겨준 것이다.

"각각 100억씩 들어 있으니 그 정도면 일을 하는 데 충분할 것입니다."

나라를 위해 하는 일이지만 이익이 없으면 움직이지 않는 것이 대한민국의 국회의원이었다.

그러니 수호는 그들을 움직여 자신이 원하는 바를 이루기 위해 아낌없이 비자금을 투입하였다.

수호가 원하는 것은 돈이 아니었기에 200억 원 정도는 충분히 이들에게 줄 수도 있었다.

아니, 솔직히 수호는 현재 자신이 어느 정도 자산을 보유하고 있는지 알지 못했다.

그도 그럴 것이, 지금도 슬레인이 만든 인공지능들로 인해 돈을 벌고 있었기 때문이다.

거기에 SH 그룹 산하 계열사들에게서 받는 돈과 SH 화학에서 특허료로 벌어들이는 돈 또한 수백억 원이 넘어가기에, 수호에게는 금전적 감각이 없는 것이나 다름이 없었다.

원하면 슬레인이 바로바로 대령을 하니 굳이 그것을 계산할 필요가 없는 것이다.

아무튼 두 사람을 불러 지시를 내리고 그것을 이루기 위해 비자금까지 챙겨 주었다.

그냥 말로만 해도 두 사람은 이미 금제가 되었기에 수호의 말을 들어줄 수밖에 없음에도 불구하고 수호는 결코 이들을 억지로 일을 시키지 않았다.

강제로 시켜야 말을 듣는 이가 있는 반면 이득이 있

어야 일을 하는 이들이 있다.

이들 두 사람은 자신에게 이득이 있어야 적극적으로 일을 하는 사람이었다.

"알겠습니다."

"예, 있는 힘껏 일해 보겠습니다."

두 사람은 수호가 넘겨준 비자금이 들어 있는 카드를 챙기며 그렇게 이야기를 하였다.

"그런데 두 사람은 혹시 대선은 생각하지 않습니까?"

자신이 내민 카드를 챙기는 두 사람을 보며 수호는 뜬금없이 물었다.

예전이라면 정치인이라면 누구나 국가의 통수권자인 대통령의 자리에 욕심을 냈다.

하지만 세월이 지나면서 각자 생각하는 바가 다르고 추구하는 이상이 다르다 보니 대통령의 자리보단 다른 사람을 대통령의 자리에 앉히고 뒤에서 이득을 취하는 일명 킹메이커에 만족을 하는 이들이 나오기 시작했다.

이는 시간이 갈수록 국민의 정신이 깨어나면서 대통령의 권위가 예전처럼 절대적이지 않게 되면서 나타나는 현상이었다.

그렇기에 수호는 두 사람을 보며 질문을 한 것이다.

이에 채낙연과 신준식 모두 관심을 보였다.

"할 수만 있다면 도전해 보고 싶기는 합니다."

신준식보다 그나마 연배가 높은 채낙연이 먼저 대답을 하였다.

할 수만 있다면 대통령을 한번 해 보는 것도 나쁘지 않았기 때문이다.

국회의원으로서는 벌써 6선이나 한 그이다 보니, 정치인으로서의 생명력도 이제 얼마 남지 않았다고 보는 것이 맞았다.

그러니 이왕이면 마지막으로 대통령을 해 보는 것도 나쁘지 않다 판단했다.

그리고 그건 신준식 또한 마찬가지다.

비록 채낙연보단 나이가 적기는 하지만 차기를 노리기에는 그 또한 나이가 적지 않았다.

그렇다 보니 수호가 대통령이란 언급을 하자 욕심이 생긴 것이다.

두 사람이 대통령에 대해 관심을 보이자 수호의 눈이 반짝였다.

그도 그럴 것이, 자신이 생각하는 일을 성공을 시키기 위해선 정치권의 도움이 절실했다.

특히나 최고 통수권자인 대통령의 재가는 필수라 할 수 있었다.

현재 정동영 대통령이 그동안 잘하고 있어 별다른 어려움을 겪지 않고 있지만, 앞으로의 일은 누구도 모르는 것이다.

정동영 대통령의 뒤에 취임하게 될 대통령이 누가 될 지는 모르지만, 자신이 원하는 이상과 맞을 것이란 믿음이 현재로썬 없었다.

그러니 그런 불확실한 점을 가지고 계획을 추진하기 보단 차라리 자신의 통제하에 있는 이들이 대통령이 된다면 어쩌면 그게 더 좋지 않을까? 라는 생각에서 이를 물어본 것이다.

그런데 역시나 욕심이 많은 두 사람은 수호의 제안에 반색을 하면 덥석 물었다.

"두 분의 생각이 그렇다면 이 문제를 한 번 생각해 보는 것도 좋겠군요."

빙그레 미소를 지으며 수호는 두 사람을 번갈아 보며 이야기를 하였다.

*　　　*　　　*

"무슨 이 사람은 외계인이라도 잡아 두고 고문을 하고 있나?"

미국 군수 지원부 부장인 존 슐츠 대령은 메일을 확인하다 말고 저도 모르게 중얼거렸다.

존 슐츠 대령이 이런 어이없는 말을 하는 것에는 다

이유가 있었다.

그는 퇴역하는 F—22에 대한 대체 기종의 소요를 맞추기 위해 급히 최신형 전투기를 도입해야 하는 일을 검토하고 있었다.

그런데 백악관에서 새롭게 명령서가 내려온 것이다.

그것도 특급 비밀이란 인장이 찍혀서 말이다.

특급으로 분류되어 날아온 이메일에는 일본과 중국에 있는 티베트와 신강 위구르 자치구 독립군이 사용 중으로 보이는 파워 슈트의 소재를 찾아 접촉을 하라는 것이다.

그는 처음 이런 메일을 읽고 황당한 생각이 들었다.

그런데 내용을 읽다 보니 무언가 그의 머리를 스쳐 가는 생각이 하나 있었다.

분명 백악관에서는 파워 슈트의 사용처는 기입이 되어 있지만 그것을 개발한 나라는 알지 못한다고 나와 있었다.

처음에는 이 일은 군수 지원부가 아니라 일단 CIA가 나서야 할 일이란 생각을 했다.

그도 그럴 것이, 그러한 정보를 알아내는 데는 자신들이 아닌 CIA가 적격이기 때문이다.

하지만 문득 그의 뇌리에 한 사람의 얼굴이 스치고 지나갔다.

젊고 잘생긴 미남이며 미군 특수부대원들에게 잘 알려진 사람이기도 했다.

그는 바로 나이에 비해 확실히 동안을 가지고 있던 정수호라는 SH화학의 고문이었다.

존 슐츠 대령은 SH항공이란 곳의 사장으로 있던 그가 생각났다.

분명 메일에는 출처를 알 수 없다고 했지만 존 슐츠는 확신하였다.

자신들도 개발을 하다 포기한 프로젝트를 성공시켰다면 분명 그 주인공은 바로 그라고 말이다.

드르륵.

그런 생각이 들자마자 존 슐츠는 바로 자리에서 일어나 출장을 준비했다.

펜타곤으로 복귀를 한 지 1년 만에 다시 한국으로 가야 한다는 것을 느낀 그는 바로 행동으로 옮겼다.

"마이크, 출장 준비해!"

자리에서 일어난 그는 자신의 부관인 마이크 로벤 대위에게 소리쳤다.

한참 업무를 보고 있던 마이크 로벤 대위는 느닷없는 상관의 명령에 고개를 들고 물었다.

"무슨 출장 말씀입니까?"

오늘은 외부 출장 계획이 없었기에 애인과 데이트 약

속을 잡은 그였다.

그런데 느닷없이 준비하라는 지시에 놀라 물었다.

"화이트 하우스의 특급이야."

급히 서류를 챙기는 존 슐츠는 부관의 질문에 간단하게 설명을 끝냈다.

"하, 저 오늘 미란다와 데이트 약속이 있습니다. 조지데리고 가시면 안 되겠습니까?"

마이크 로벤은 또 다른 부관인 조지 심슨 중위를 언급했다.

"마이크 이번 일은 특급이야. 다른 곳도 아니고 백악관에서 내려온……."

"하, 알겠습니다. 일단 미란다에게는 오늘 데이트 못한다고 전화 좀 하겠습니다."

"그렇게 해. 참, 며칠 걸린다고도 전해."

"아니, 대령님!"

마이크 로벤은 출장이 며칠 걸린다는 소리에 저도 모르게 큰소리를 냈다.

"어쩔 수 없어. 국내가 아니라 한국까지 가야 하니까."

"한국이요? 공군이 요구한 것이 통과된 것입니까?"

"그것도 있고 또 다른 건도 있어."

부관의 질문에 존 슐츠는 자세한 내용은 설명을 하지

않으며, 그 일도 있고 다른 일도 있다고 넌지시 말을 회피하였다.

그런 상관의 대답에 마이크 로벤은 더 이상 질문하지 않았다.

자신이 알아도 되는 문제가 아니란 것을 눈치챘기 때문이다.

이럴 때는 그냥 넘어가는 것이 상책이었다.

"휴, 그럼 어쩔 수 없죠."

"그래. 대신 내가 한국에서 미란다의 기분을 풀어 줄 수 있는 선물을 살 수 있게 도와주지."

"아니, 사 주시는 것도 아니고 도와주신다니 그게 뭡니까?"

상관의 말에 마이크 로벤은 불퉁하게 말을 하였다.

두 사람의 대화를 들어 보면 일반적인 군대의 상급자와 아랫사람의 관계가 아님을 알 수 있었다.

그런데 사실 알고 보면 간단한 일이었다.

마이크가 만나고 있는 여인인 미란다는 존 슐츠의 조카였다.

그러니 마이크의 데이트나 그런 사적인 일도 함께할 수 있는 것이었다.

"그건 어쩔 수 없어. 자네도 알다시피 내 용돈은 생각보다 많지 않아."

"네네, 알겠습니다. 그나마 미란다가 원하는 것이 다른 여자들이 원하는 것과 다르다는 것이 다행입니다."

마이크는 상관인 존 슐츠의 말에 그렇게 자신을 위로하였다.

애인인 미란다 또한 군인이었기에 여느 여자들과 추구하는 이상이 달랐다.

여성들이 자신들의 미모를 가꾸는 것에 관심을 보이고 또 돈을 쓰는 반면, 미란다는 그런 쪽에는 관심이 없고, 군용 장비에 대한 관심이 많았다.

물론 군용 장비도 비싼 것은 보석이나 명품 못지않게 비싼 것이 사실이지만, 미란다가 원하는 것은 그런 값비싼 것들이 아니었다.

"헤이, 조지! 예비 물자 보고는 자네가 좀 마무리해 줘!"

"예, 알겠습니다. 잘 다녀오십시오."

옆에서 두 사람의 대화를 모두 들은 조지 심슨은 마이크 대위의 말에 바로 대답하였다.

명령이라면 해외 출장도 마다하지 않겠지만, 그래도 굳이 찾아서 가고 싶지는 않은 그였다.

때문에 상관과 함께 장기 출장을 가는 마이크 중위를 위로하며 그의 업무를 대신 맡았다.

4. 계획은 순조롭게 흐른다

청주공항의 활주로에는 때아닌 전투기 열 기가 주기되어 있었다.

이 전투기들은 바로 청주 공항 옆에 자리하고 있는 SH항공에서 제작된 것으로 UAE에 납품되는 양산 기체들이다.

빰빠라! 빰빠!

1년여 간의 각종 기후적응 테스트와 비행 테스트를 거쳐 양산 체제로 들어간 첫 양산기들이 이곳 청주 공항에 주기되어 UAE에 인도되기만을 기다리고 있었다.

또한 이번 UAE에 인도되는 것을 기념하기 위해 대한

민국 공군에서 군악대를 지원해 풍악을 울렸다.

찰칵! 찰칵!

행사를 빛내기 위해 국내외 기자들이 모여 이를 촬영하고 있었다.

"하하하, 정말로 1년 만에 계약한 전투기를 받아 보게 되다니, 정말로 놀랍군."

UAE의 왕자이자 국방 장관인 만세르는 눈앞에 펼쳐지는 광경을 목도하고는 감격에 겨워했다.

"축하합니다."

오늘 인도식에 참석한 최대환 국방 장관은 얼른 축하 인사를 건넸다.

비록 SH항공에서 제작한 KFA—01이 국가의 지원을 받아 제작된 전투기는 아니지만, 어찌 되든 대한민국만의 기술로 개발과 양산까지 한 최초의 전투기이기에 그 의미가 남달랐다.

"왕자님, 최초 인도분으로 열 기의 KFA—01U를 납품하게 되어 영광입니다."

수호는 자신이 개발한 전투기를 보며 기뻐하고 있는 만세르 UAE 왕자를 보며 덕담을 건넸다.

"하하하, 영광이라니, 오히려 내가 더 감사하지."

만세르는 직접 나서서 계약을 체결한 결과물이 아무런 장애 없이 성공적으로 납품되는 사실이 너무도 기뻐서 미소를 한껏 짓고 있었다.

"그런데 저렇게 무장을 해도 괜찮겠습니까?"

수호는 살짝 우려가 섞인 목소리로 질문을 하였다.

원래 이런 일에 무장을 하는 것은 너무도 이례적인 일이 아닐 수 없었다.

더욱이 UAE는 바로 옆 나라도 아니고, 자그마치 6,700km가 넘는 먼 거리다.

중간에 여러 나라를 경유하여 연료를 공급받아야 하기에 무장을 한다는 것은 어불성설이었다.

하지만 UAE가 어떤 나라인가?

이들은 모든 문제를 돈으로 이를 해결하였다.

UAE는 첫 연료 급유지로 대만을 선택하였는데, 이는 대만도 UAE처럼 SH항공과 좋은 관계를 유지하고 있기 때문이었다.

대만은 중국의 위협으로부터 나라를 지키기 위한 판단 아래 KFA—01의 라이선스를 계약하여 자체 생산을 하고 있었다.

사실 국제 역학 관계상 이루어지기 힘든 계약이지만, 당시 중국이 수호에게 저지른 일과 그동안 중국 정부가 대한민국 정부에 행해 온 태도로 인해 KFA—01의 라이선스 계약은 신속하게 체결되었다.

거기에 수호는 SH 그룹의 역량을 총동원하여 대만이

KFA—01을 생산하는 것에 적극적으로 도움을 주었다.

그러다 보니 이번 UAE의 KFA—01U에 대한 중간 급유 계약은 매우 순조롭게 이루어졌다.

그 때문에 지금 UAE의 만세르 왕자의 기분이 더욱 좋은 것이다.

한국과의 교역에선 다른 나라에 느끼지 못한 만족감이 있었다.

"그런데· 한국에선 스텔스 전투기도 개발할 것이라고 했는데, 그건 어느 정도 완성이 되었습니까?"

UAE는 이란과의 마찰 때문에 오래전부터 미국의 5세대 스텔스 전투기를 구매하고자 했다.

하지만 미국은 이슬람 국가인 UAE에 전투기를 판매하지 않고 있었다.

이는 이스라엘과 맺은 중동에서의 항공 전력 우세 원칙으로 인해 벌어진 일이었다.

한때 미국은 세계 최강의 스텔스 전투기라 할 수 있는 F—22 랩터의 판매를 고려해 보았지만, 의회의 반대로 F—22의 이스라엘 판매가 거부되면서 UAE가 사고자 하던 F—35의 판매도 불발로 끝나고 말았다.

하지만 UAE의 입장에선 이란의 위협으로부터 벗어나기 위해서는 스텔스 전투기가 꼭 필요했다.

아무리 4세대의 첨단 전투기를 구매했다고 해도, 아

직까지 레이더에 보이지 않는 스텔스 전투기가 가지는 위상만큼은 되지 않았다.

UAE의 입장에선 자국의 안보를 위해서라도 스텔스 전투기의 구매는 필수였다.

그렇다고 중국이나 러시아가 개발한 스텔스 전투기를 구매한다는 것은 이치에 맞지 않았다.

중국의 스텔스 전투기인 J—20의 경우, 성능에 대한 검증이 되지 않았다.

그렇다고 러시아의 Su—57을 수입하자니, 미국과의 관계가 틀어질 수도 있었다.

UAE의 입장에선 미국이 한없이 야속할 수밖에 없었다.

자신들이 요구하는 F—35를 판매하지도 않으면서 러시아나 중국의 스텔스 전투기를 사지도 못하게 막고 있으니 말이다.

그렇기에 만세르 왕자는 또 다른 5세대 스텔스 전투기를 연구하고 있는 대한민국에 개발 과정을 물어보지 않을 수가 없었다.

하지만 질문을 받은 최대환 국방부 장관은 이에 대한 확실한 답변을 해 줄 수가 없었다.

자신이 알고 있는 스텔스 전투기는 아직까지 연구 단계에 머물러 있기 때문이다.

"그게… 아직은 연구 단계에 머물고 있는 수준입니다."

최대환 국방부 장관은 하는 수 없이 사실대로 말하였다.

"음……."

질문에 답을 들은 만세르 왕자의 표정은 급격히 굳어졌다.

UAE의 안보를 위해선 스텔스 전투기가 꼭 필요한 시점인데, 어디서 구할 수가 없으니 참으로 난감했기 때문이다.

그런데 이때, 두 사람의 대화에 끼어드는 이가 있었다.

그 사람은 바로 오늘 행사를 주최하고 있는 SH항공의 사장, 정수호였다.

수호는 UAE가 무엇 때문에 스텔스기에 이렇게 목을 매고 있는지 너무도 잘 알고 있었다.

"왕자님, UAE가 연구비를 낸다면 저희가 만들어 줄 수 있습니다."

"아니, 그게 정말입니까?"

만세르 왕자는 느닷없이 들린 수호의 말에 깜짝 놀라며 물었다.

스텔스 전투기의 개발은 결코 간단하지 않았다.

미국도 이를 개발하기 위해 10년이 넘게 걸렸고, 중국이나 러시아 또한 긴 시간을 들여 5세대 스텔스 전투기를 만들어 놓고도 완벽한 양산 체제로 들어가지 않고 있었다.

이는 말로만 스텔스 전투기를 개발했다고 발표하고, 아직 그 성능이 원하는 수준만큼 나오지 않았기 때문일 것이다.

그런데 이제 겨우 전투기를 양산한 SH항공의 사장이 돈만 주면 스텔스 전투기를 만들어 주겠다고 하니 놀라지 않을 수가 없었다.

그리고 그건 옆에서 이야기를 듣던 최대환 국방부 장관 또한 마찬가지였다.

"그게 정말인가? SH항공에서 스텔스 전투기를 만들 기술력을 가지고 있다는 것이 말이야."

너무 놀란 나머지 최대환 국방부 장관은 수호에게 윽박지르듯 질문하였다.

그런 최대환 국방부 장관과 만세르 왕자의 질문에 수호는 너무도 평온하게 대답을 들려주었다.

"기술력은 충분합니다. 스텔스 성능을 높이기 위해 KFA—01의 외형 설계를 조금 변경을 하고 무장을 내부로 수용하면 됩니다."

수호는 별거 아니란 듯이 툭 던졌다.

"아니, 스텔스 전투기가 그렇게 간단하게 만들 수 있는 것인가?"

설명을 들은 최대환 국방부 장관은 도저히 믿을 수 없다 생각하며 눈도 깜박이지 않고 수호에게 재차 물었다.

그리고 그건 만세르 왕자가 물어보고 싶은 것이기도 했다.

"KFA—01은 처음부터 간단한 변경만으로도 5세대 스텔스 전투기로의 업그레이드까지 고려하여 개발한 기체입니다."

수호의 말에 최대환 국방부 장관과 만세르 왕자는 홀려 버렸다.

"뿐만 아니라 저희는 미국처럼 스텔스 형상 설계와 특수 도료를 이용한 스텔스 성능은 물론이고, 플라즈마 패치를 이용해 기능을 향상시키는 기술을 완성했습니다."

이에 만세르 왕자는 물론이고, 최대환 국방부 장관까지 너무 놀라 한동안 아무런 말도 하지 못했다.

미국의 유명 대학 연구소나 러시아의 수호이 항공 연구소에서 개발 중인 플라즈마 스텔스 기술을 완성했다고 이야기하는 것이 아닌가.

"아니, 그런 기술을 가지고 있으면서 왜 아무런 언급

도 없던 것입니까?"

너무 놀란 나머지 최대환 국방부 장관은 어느새 수호에게 존칭을 붙여가며 물었다.

"그거야 우리나라는 미국으로부터 들여온 F—35만으로 충분하다고 보았기 때문이죠."

수호는 별거 아니란 듯 자신의 생각을 이야기하였다.

이 좁은 땅엔 미국으로부터 들여온 F—35만으로 스텔스 전투기의 수는 충분하다 판단했다.

그도 그럴 것이, 대한민국을 둘러싼 국가 중 스텔스 전투기를 보유한 나라는 러시아, 중국, 그리고 일본뿐인데, 이 중 대한민국을 위협할 나라는 러시아를 뺀 중국과 일본뿐이었다.

하지만 중국은 보유한 전투기의 스텔스 성능이 의심스럽고, 일본의 경우에는 한국보다 많은 숫자의 스텔스 전투기를 보유했지만, 한국과 같은 기종이기에 크게 위협이 되지 않았다.

더욱이 일본의 경우 F—35의 운용 능력이 떨어져 벌써 운용 미숙으로 세 기의 전투기를 잃어버렸다.

그 때문에 한때 미국은 일본이 잃어버린 F—35를 수거하기 위해 대대적인 작전을 펼치는 촌극을 벌이기도 했다.

이는 혹시라도 일본이 잃어버린 F—35의 잔해를 중

국이나 러시아가 습득하여 미국이 가진 기술을 빼내 가지 않을까 우려해서다.

만약 그렇게 된다면 미국의 동맹으로서 F—35를 운용하는 국가들에 큰 위협으로 작용할 수 있었기 때문이다.

그러니 수호의 입장에선 굳이 수요도 없는 대한민국 정부에 자신이 스텔스 전투기를 제작할 수 있는 기술을 가졌다고 알릴 필요를 느끼지 못했다.

그렇다고 또 다른 대한민국의 전투기 제작사 KAI에 기술을 넘긴다는 것도 우스운 일이 아닌가.

KAI가 KF—21을 가지고 5세대 스텔스 전투기를 개발 중이라고는 하지만, 엄밀히 따진다면 그들은 경쟁사다.

경쟁사에 자신이 개발한 기술을 넘겨줄 아무런 이해관계도 없지 않은가?

"음."

수호의 이야기를 들은 최대환 국방부 장관은 자신도 모르게 작게 신음을 흘렸다.

한편, 옆에서 이야기를 듣고 있던 만세르 왕자는 달랐다.

"좋네. 우리가 자금을 댈 테니, 스텔스 전투기를 만들어 주길 바라네."

만세르 왕자는 실물을 보지도 않고 그 자리에서 구두로 계약하기를 요구했다.

작년 KFA—01의 시재기 출고식에서 그러던 것처럼 너무도 파격적인 계약을 다시 한번 건넸다.

"스텔스 전투기의 경우, 지금의 가격으로는 안 된다는 것은 잘 아실 것입니다. 그래도 계약하시겠습니까?"

수호는 혹시나 싶은 생각에 한 번 더 생각해 볼 것을 이야기하였다.

"돈은 충분하네. 그렇지만 우리 국민들이 이곳 대한민국처럼 안심하고 생활을 하게 된다면, 그 정도 돈이야 없어도 무방하다고 생각하네."

만세르 왕자는 확고한 신념을 가지고 있었다.

"알겠습니다. 왕자님께서 그렇게 이야기하신다면 그렇게 하겠습니다."

"그럼 스텔스 전투기는 언제쯤 볼 수 있겠나?"

만세르 왕자는 마음이 너무 급해 아직 KFA—01U의 계약도 완료되지 않은 시점에서, 아니, 스텔스 전투기에 대한 본 계약도 아직 치르지 않았음에도 불구하고, 언제 받을 수 있는지 물어 왔다.

그런 만세르 왕자의 모습에 수호는 빙그레 미소를 지으며 대답하였다.

"왕자님께서 허락만 하시면 두 달 뒤에 실물을 보실

수 있을 것입니다. 다만, 그렇게 된다면 이미 계약된 KFA—01U의 생산분에 대한 수가 열 기에서 여덟 기로 줄어들게 됩니다. 그래도 괜찮겠습니까?"

수호는 스텔스 전투기를 생산하기 위해선 기존에 계약된 KFA—01U의 수량에 차질이 있다고 경고하였다.

하지만 만세르 왕자는 모든 것을 수용할 수 있다는 듯 다급하게 대답하였다.

"그런 것쯤이야 받아들일 수 있네."

만세르 왕자의 반응에서 UAE가 얼마나 자국의 안보를 위해 스텔스 전투기를 원하고 있는지 알 수가 있었다.

그러는 한편, 최대환 국방부 장관도 만세르 왕자를 보며 다른 생각을 했다.

'아무리 현재 보유하고 있는 스텔스 전투기의 숫자가 충분하다고 해도 국내에서 생산하는 스텔스 전투기가 있다는 것만으로도 주변국에 충분히 경고를 보낼 수 있다.'

비록 수호가 충분하다 말을 하였지만 무기는 많으면 많을수록 안보에 공헌을 한다.

특히나 현대 전쟁의 핵심이라 할 수 있는 전투기 전력, 그것도 몇 개의 나라만이 가지고 있는 스텔스 전투기의 경우는 따로 언급을 하지 않더라도 충분히 위협적이었다.

주변국으로부터 함부로 자국을 넘보지 못하게 경고를 할 정도로 전략적 가치가 충분한 무기인 것이다.

그런데 그런 전력을 자체적으로 생산할 시설이 갖춰져 있다면 어떻겠는가.

이는 불 보듯 뻔했다.

주변국뿐만 아니라 대한민국의 동맹인 미국 또한 더 이상 대한민국을 호구라 생각하지 못할 것이 분명했다.

이런 모든 것을 고려해서라도 SH항공이 정말로 스텔스 전투기를 제작할 능력이 있다면 소량이라도 국내에 도입해야 한다고 판단하였다.

"그게 사실이라면 대통령께 건의하여 우리도 스텔스 전투기를 구매하기로 하지."

최대환은 특별예산을 편성해서라도 구매를 진행해야 한다고 생각했다.

"하하하, 두 분께서 이렇게나 원하시니 제가 확실하게 만들어 보지요."

수호는 크게 웃으며 대답하였다.

그러면서 속으로 슬레인과 대화를 나눴다.

'슬레인 접어 두고 있던 두 번째 계획을 진행한다.'

애초 KFA—01을 설계할 때부터 5세대 스텔스 전투기 제작은 계획에 들어 있었다.

다만, 5세대 스텔스 전투기 시장은 포화 상태나 마찬가지였고, 그나마도 미국이 꽉 잡고 있는 상태라 사업성이 떨어졌다.

그렇기에 개발을 완료했으면서도 수호는 굳이 이를 발표하지 않고 묵혀 둔 것이었다.

그런데 지금, 시기 좋게 UAE의 만세르 왕자가 스텔스 전투기의 필요성을 언급하며 계약하자고 달려들고 있었다.

이에 덩달아 대한민국의 국방부 장관인 최대환까지 특별예산을 편성해서라도 수호가 개발한 스텔스 전투기를 구매하겠다고 나섰다.

이 정도면 스텔스 전투기를 생산하는 것도 나쁘지 않았다.

더욱이 한국과 UAE에서 자신이 개발한 스텔스 전투기를 구매하면, 몇몇 나라가 이에 반응을 할 것도 같았다.

그 후보로 현재 중국에 위협을 받고 있는 대만이 있고, 또 중국과 국경분쟁을 벌이고 있는 인도도 존재했다.

특히나 인도의 경우 한때 러시아와 스텔스 전투기 개발을 공동으로 진행한 경험이 있었다.

하지만 밑 빠진 독에 물 붓기 마냥 예산만 잡아먹는

공동 개발에 돈만 날리고 빠져나왔다.

그러니 모든 것을 완성한 뒤라면 다른 반응을 보일 것 같았다.

*   *   *

대한민국 대통령인 정동영은 급히 자신을 찾아온 최대환 국방부 장관으로 인해 골치가 아파왔다.

얼마 전 느닷없이 찾아와 특수부대를 위한 특별예산을 만들어 달라고 하더니, 오늘도 찾아와 공군을 위한 특별예산을 별도로 만들어 달라고 하고 있었기 때문이다.

"아니, 대체 왜 특별예산을 또 달라는 것입니까?"

정동영 대통령은 하도 기가 막혀서 하소연하듯 그에게 물었다.

"대통령님, 제가 무리한 부탁을 하고 있다는 것을 잘 압니다. 하지만 제 말을 한 번 들어 보시죠."

최대한 국방부 장관은 자신을 보며 기가 막힌다는 표정으로 쳐다보는 대통령을 향해 설명을 하기 시작했다.

한참 그의 설명을 듣던 정동영 대통령은 어느 순간 두 눈이 번쩍 떠지는 듯한 느낌을 받으며 놀라워하였다.

"그게 사실입니까?"

"물론입니다. 정수호 회장에게서 직접 들은 이야기입니다."

"헉!"

본인에게서 직접 이야기를 들었다는 말에 정동영 대통령은 아무 말도 못 하고 숨만 삼킬 뿐이었다.

얼마 전에는 미국도 가지지 못한 파워 슈트를 개발했다는 말로 자신을 놀랍게 만들더니, 이번에는 군사 강국만이 개발에 성공한 스텔스 전투기를 만들 수 있다고 한 것이다.

정동영 대통령은 그저 놀랍고 황당할 뿐이었다.

"두 달 뒤면 실물을 접할 수 있다고 합니다. 만약 그게 사실이라면 저희도 구매해야 하지 않겠습니까?"

"하지만……."

최대환 국방부 장관의 은근한 말에 정동영 대통령도 귀가 솔깃하기는 했다.

하지만 그게 마음만으로 가능하지는 않았다.

전투기라는 것이 한두 푼 하는 것도 아니고, 더욱이 그냥 전투기도 아니고 스텔스 전투기가 아닌가?

"예산이 부족하다는 것은 저도 잘 압니다. 하지만 생산 능력이 있는데도 자국에서 한 대도 구입을 하지 않는다면 다른 나라들이 어떻게 생각하겠습니까? 그리고 잘만 하면 UAE뿐만 아니라 몇 개의 나라에서 구매할 것도 같습니다."

국방부 장관이 최대환은 비록 군 출신 장관이기는 하지만, 국제 관계를 아예 모르는 것은 아니다.

정말로 정수호 회장이 장담한 것처럼 SH항공에서 스텔스 전투기를 만들 수 있다면, UAE뿐만 아니라 대만이나 인도에서 분명 구매 의사를 전해 올 것이 분명했다.

그것은 SH항공에게만 좋은 일이 아니다.

대한민국 또한 세계에서 미국, 중국, 그리고 러시아 다음으로 5세대 스텔스 전투기를 자체적으로 생산한 나라가 되는 것이다.

"UAE는 정수호 회장의 만들 수 있다는 말만 듣고 구두로 80대의 스텔스 전투기를 구매하겠다는 약속을 했습니다. 두 달 뒤 실물이 나오면 바로 계약서를 쓰기로 약속도 하고 말입니다."

의향은 있으니 확답을 하지 못하고 있는 정동영 대통령을 보며 최대환 국방부 장관은 쐐기를 박듯 UAE를 언급했다.

그런 최대환 국방부 장관의 말에 정동영 대통령은 순간 고민을 하지 않을 수 없었다.

타국의 국방부 장관은 말만 듣고도 약속을 하는데,

정작 전투기를 개발한 나라에서 이렇게 뭉그적거리고 있으니 답답할 노릇이었다.

"저희가 원하기만 하면 정수호 회장은 현물로 세금을 낼 수도 있다고 합니다."

UAE로 첫 양산 전투기가 인도되는 날, 축하를 위해 자리에 있던 최대환 국방부 장관에게 수호는 솔깃한 제안을 했다.

허락만 해 준다면, SH 그룹이 납부할 세금을 스텔스 전투기로 대납하겠다는 것이다.

이를 들은 최대환 국방부 장관은 마음 같아서는 그 자리에서 제안을 수락하고 싶었지만, 그러지 못했다.

그도 그럴 것이, 세금은 그가 어떻게 할 수 있는 부분이 아니기 때문이다.

그렇다고 스텔스 전투기를 구매하기 위해 새롭게 예산을 편성하려면, 내년까지 기다려야만 했다.

올해는 이미 추경예산 편성이 끝났기 때문이다.

그러니 편법이라 할 수 있는 이 방법이 매력적으로 느껴졌다.

"세금을 현물로 대납을 한다?"

정동영 대통령도 그 제안에 귀가 솔깃하였다.

하지만 현실적으로 그건 불가능한 일이다.

아무리 대통령이지만 이 문제는 국회의 허락이 있어

야 하는 문제였다.

그렇지만 국회가 이것을 허락할 거라는 생각이 들지는 않았다.

분명 국제사회에 대한민국의 위상을 보여 줄 수 있는 일이기에 이뤄져야 하지만, 정치권이 언제나 이성적으로 흘러가는 것은 아니었다.

반대를 위한 반대를 하는 이들이 분명 나올 것이다.

여당은 어찌어찌 합의를 본다 해도 야당이 문제였다.

그 때문에 정동영 대통령도 이 문제에 대한 답을 쉽게 내놓지 못했다.

"이 문제는 당 대표들을 만나 한번 논의해 보겠습니다."

정동영 대통령은 지금 자신이 할 수 있는 최선의 답변을 하며 최대환 국방부 장관의 말을 막았다.

"알겠습니다. 그렇지만 여당과 야당의 대표들에게 잘 좀 이야기해 주시기 바랍니다."

최대환 국방부 장관도 이것이 최선임을 깨달았다.

지난번 파워 슈트를 위한 특별예산을 편성하는 것 때문에 여야 의원들에게 한 차례 고개를 숙인 적이 있는 대통령이다.

더 이상 그를 밀어붙였다가는 이번 일이 날아갈 수도 있었다.

하지만 진인사대천명이라고 하던가.

최대환 국방부 장관과 정동영 대통령이 SH항공에서 개발한 스텔스 전투기의 도입에 대한 논의를 하고 있을 때, 어떻게 알았는지 뉴스에서 이 소식이 알려지고 있었다.

＊　　　＊　　　＊

YGN뉴스

우리도 세계 네 번째 스텔스 전투기 개발국

오늘 본 기자는 SH항공을 찾았다.

본 기자가 SH항공을 찾은 이유는 첫 양산 전투기가 UAE로 납품을 하는 날이기 때문이었다. 그런데 이 기쁜 날 본 기자는 또 다른 좋은 소식을 접하게 되었다. SH항공에서는 이미 시재기 개발은 물론이고, 5세대 스텔스 전투기 또한 개발이 완료되어 있다는 이야기였다.

하지만 당시 그러한 발표를 하지 않은 이유는 대한민국에 더 이상 스텔스 전투기의 소요가 없었기 때문이었다. 아니, 외국의 5세대 스텔스 전투기를……

…UAE의 국방부 장관이 만세르 왕자는 그 자리에서 80기에 대한

전투기 추가 구매를 약속했다. 다만, 두 달 뒤 실물로 스텔스 전투기가 제작이 된다는 전제하에 말이다. 그는……

…스텔스 전투기를 개발하고도 소요가 없어 생산을 하지 못한다니, 이게 말이 되는 소린가? 본 기자는 정부에 건의해 본다. 자국에 스텔스 전투기가 개발되었다면, 굳이 비싼 예산을 들여서 외국의 것을 사 올 필요가 있는가? 국민 여러분은 어떻게 생각하시는가?

이재희(Leejaehee@ygn.co.kr)

YGN의 국방 관련 뉴스에 해당 소식이 전해지자 국내는 물론이고, 해외 언론에서도 난리가 났다.

그도 그럴 것이, 대한민국이 방위산업으로 성장을 하고 있다는 것은 널리 알려진 사실이다.

하지만 세계에서 네 번째로 5세대 스텔스 전투기까지 개발할 것이라고는 상상도 못 했기 때문이다.

그 때문에 국내는 물론이고, 외국에까지 이 놀라운 소식이 일파만파 퍼져 나갔다.

그리고 수호의 예상대로 대만과 인도에서 가장 먼저 뉴스의 사실 여부를 문의해 왔다.

"회장님, 저희 역량으로는 들어오는 KFA—01의 주문도 감당하기 힘든 지경입니다."

SH항공의 전문 경영인인 홍진호 사장은 밀려드는 문

의 전화로 인한 스트레스를 결국 참지 못해 회장인 수호를 찾아와 하소연하였다.

"그렇다면 인력을 더 확충하세요."

"아니, 인력만 늘어난다고 해결이 되겠습니까? 공장은 이미 포화 상태입니다."

현재 SH항공은 기존 KFA—01에 대한 납품 계약 건만으로도 일감이 밀린 상태였다.

그 때문에 전투기 제작과 관련된 인력을 최대한으로 확충한 상태이기도 했다.

그럼에도 계약된 KFA—01의 납품까지 5년 이상의 일감이 밀려 있었다.

그런데 이번에 수호가 UAE에 5세대 스텔스 전투기 제작에 대한 의뢰를 받아 왔다.

그것도 무려 80기를 말이다.

물론 이것은 구두계약으로 아직 실질적인 사인을 한 상태는 아니었다.

하지만 홍진호의 입장에선 난감한 일이 아닐 수 없었다.

거기에 더해 한국 국방부에서도 스텔스 전투기에 대한 관심을 보이고 있고, 대만과 인도 또한 문의를 하고 있었다.

"음, 그 문제는 내가 해결할 테니, 지금은 한 라인만

비워 둬요."

수호는 자신을 향해 항의하고 있는 홍진호 사장을 보면서도, 의견을 굽히지 않았다.

수호는 이번 일은 뜻하지 않게 구두계약까지 가게 되었지만, 이도 나쁘지 않다고 생각 중이다.

실물을 하나 보여 주면 바로 80기나 되는 고가의 스텔스 전투기에 대한 계약을 따내는 것이다.

뿐만 아니라 대만과 인도에서도 관심을 보이니 최소 200기에 대한 계약을 확보할 수 있을 것이라 판단했다.

그러니 수호는 이번 일을 그냥 해프닝으로 넘기고 싶지 않았다.

'정 안 되면 KAI에 기술이전을 해서라도 이번 계약을 따내야 돼.'

KAI는 KF—21이 블록 3에 도달할 때 5세대 스텔스 전투기로 전환할 계획을 가지고 연구하고 있었다.

그것은 앞으로 몇 년 뒤의 일이기에 수호는 이참에 SH항공의 생산 라인이 부족하다면 5세대 스텔스 전투기로의 전환한 KFA—01X를 KAI에 넘겨줄 생각까지 하고 있는 중이었다.

물론 그에 대한 기술료를 받을 생각이긴 하지만 말이다.

기회가 왔는데 아직 역량이 되지 않는다고 고사할 필

요는 없다는 것이 수호의 생각이었다.

"홍 사장님, 어렵게 생각할 필요 없습니다. 그것을 우리가 모두 생산할 필요는 없는 것 아닙니까?"

"네? 그게 무슨 소립니까?"

"대만에 KFA—01의 라이선스와 생산 라인을 깔아 준 것처럼 스텔스 전투기도 필요하다면 다른 곳에도 동일하게 만들어 줄 수도 있는 문제라는 거죠. 홍 사장님은 생산에 대한 걱정은 하지 마시고 연락이 오면 모두 파십시오."

"헉!"

수호의 설명을 들은 홍진호 사장은 기가 막혔다.

설마 스텔스 전투기의 생산을 다른 나라, 혹은 기업에 넘길 수도 있다는 말인가?

"회장님, 설마 진짜로 그렇게 생각하시는 것입니까?"

도저히 믿을 수 없는 이야기에 홍진호 사장은 진위를 확인하기라도 하듯 물었다.

"물론 우리 대한민국에 도움이 된다는 전제하에 진행할 것이지만, 제 생각은 일단 그렇습니다."

수호는 너무도 담담하게 자신의 생각을 그에게 들려주었다.

'진심이구나!'

수호가 진짜로 그렇게 생각하고 있음을 깨달은 홍진

호는 아무런 말을 할 수가 없었다.

자신이 개발한 물건을 판매하겠다는데, 자신이 반대한다고 해서 들을 것 같지도 않았기 때문이다.

그는 더 이상 이야기를 하는 것을 포기했다.

막 대화를 끝냈는데, 비서실에서 느닷없이 인터폰이 울렸다.

띠!

― 회장님, 미국 국방부 군수 지원부의 존 슐츠 대령님께서 오셨습니다.

"들어오라고 하세요."

수호는 인터폰을 눌러 존 슐츠 대령을 들여보내라 하였다.

이미 그와는 사전에 약속을 잡았기 때문이다.

덜컹!

문이 열리고 존 슐츠 대령과 또 다른 한 명이 안으로 들어왔다.

"오랜만입니다."

존 슐츠는 수호의 집무실로 들어오자마자 악수를 건넸다.

"오랜만입니다."

수호는 자신에게 손을 내민 그를 보며 손을 마주 잡았다.

"옆에 계신 분도 오랜만입니다."

그러고는 존 슐츠의 부관인 마이크 대위에게도 인사를 하였다.

"네, 안녕하십니까?"

마이크 대위는 인사를 하며 고개를 숙였다.

미국인들에게선 보기 힘든 모습이지만, 한국에서 근무를 오래 한 마이크 로벤은 자신도 모르게 한국식으로 인사한 것이다.

"오다 보니 시끄럽더군요."

존 슐츠 대령은 백악관으로부터 전달된 일로 한국에 들어왔다가 놀라운 소식을 듣게 되었다.

한국, 정확하게는 SH항공에서 4.5세대 전투기뿐만 아니라 5세대 스텔스 전투기도 개발했다는 소식이었다.

하지만 그 소식을 접한 존 슐츠와 마이크 대위는 그리 놀라지 않았다.

아니, 마이크 로벤 대위는 무슨 일로 출장을 온 것인지 모르고 있기에 놀랐지만, 존 슐츠는 아니었다.

이미 파워 슈트란 엄청난 물건을 미군에 도입하기 위해 왔는데, 겨우 5세대 스텔스 전투기 개발에 놀랄 이유는 전혀 없었다.

"그랬습니까? 뭐, 동북아의 작은 나라에서 스텔스 전투기를 개발했다니 놀라워서 그러는 것이겠지요."

수호는 별거 아니란 듯 이야기를 하였다.

"그런데 어쩐 일로 오신 것입니까? 대령은 항공 분야가 아닌 것으로 알고 있습니다만?"

수호는 말을 하면서도 의아한 표정으로 존 슐츠 대령을 쳐다보았다.

그런 수호의 눈빛에 존 슐츠 대령은 잠시 침묵을 지키다가 조심스럽게 이야기를 꺼냈다.

"일본의 파워 슈트, 혹시 회장님 작품입니까?"

중국에서도 파워 슈트가 목격됐지만, 혹시나 밖으로 새어 나가면 문제가 소지가 있는 정보이기에 언급하지 않았다.

하지만 지금 무슨 말을 하는지 알 수가 없는 홍진호와 마이크 대위는 그저 말을 꺼낸 존 슐츠 대령의 얼굴을 쳐다볼 뿐이었다.

"홍 사장님은 그만 나가 보세요."

"예, 알겠습니다. 그럼 이만 나가 보겠습니다."

"그러세요. 그리고 문의가 들어오면 조금 전 제가 말한 대로 처리하시기 바랍니다."

"예, 그렇게 하겠습니다. 그럼……."

홍진호 사장은 고개를 숙이고 밖으로 나갔다.

수호는 본격적으로 이야기를 하기 위해 존 슐츠 대령과 마이크 대위에게 자리를 권했다.

"일단 앉으시죠."

"네, 감사합니다."

수호의 자리 권유에 존 슐츠는 조심스럽게 대답하고 자리에 앉았다.

하지만 그의 모든 정신은 수호의 입에 쏠려 있었다.

그가 하는 말에 의해 미국의 다음 행보가 정해져 있기 때문이다.

하지만 이미 행동에서 수호가 파워 슈트와 연관이 있음을 확인했다.

그러니 잘만 하면 자신이 이곳에 온 목적을 이룰 수 있을 것 같았다.

울트라 코리아

5. 비밀 회담

네덜란드 암스테르담의 한 호텔 식당.

여느 때라면 많은 예약 손님들로 꽉 차 있을 것이지만, 오늘은 딱 한 테이블에만 손님이 자리하고 있었다.

밝은 금발의 노신사와 검은 정장을 입은 빛바랜 회색빛의 머리색을 한 장년인, 그리고 마주하는 것만으로도 상대를 제압할 것만 같은 카리스마 넘지는 남성.

이렇게 세 장년이 앉아 식사를 하고 있었다.

하지만 그 분위기는 화기애애하지 않았다.

오히려 넓은 식당 안을 꽉 채운 무거운 공기의 무게가 느껴졌다.

"요즘 러시아 곰들이 뭔가 음모를 꾸미는 것 같던데?"

금발의 노신사, 길리엄 윈저가 조용히 말문을 열었다.

길리엄 윈저는 그가 가진 성에서 알 수 있듯 영국 왕실의 인사였다.

"그놈들이 뭐 있겠나? 흑해를 다시 한번 노리는 것이겠지."

길리엄의 말에 회색 머리를 한 장년인, 하인리히 구즈만이 대답하였다.

"경제제재만으로는 정신을 차리지 못한 것인가?"

하인리히의 대답에 길리엄은 접시 위의 스테이크를 썰다 말고 낮게 중얼거렸다.

그런 길리엄의 혼잣말을 이번에는 카리스마 넘치는 장년의 사내가 받았다.

"3차 대전을 할 게 아니라면 러시아 불곰 놈들을 압박하는 건 그 정도가 좋아."

"하지만 좀 더 빗장을 조일 필요가 있다고 생각해."

카리스마 넘치는 아론 헌트의 이야기에 길리엄은 순순히 승복하지 못하고 러시아에 대한 제재 강도를 높일 것을 주장했다.

이들의 정체는 영국과 독일, 그리고 미국을 대표하는 자들이었다.

엄밀히 말하면 각국 정부의 대표가 아닌, 나라의 뒤에서 정부를 움직이는 비밀 결사의 일원들이다.

영국의 왕가의 인물, 독일 경제인 연합회 회장, 그리고 미국 군수 복합체의 회장이면서 미국의 3대 비밀결사 중 하나인 레드스컬의 부회장이 바로 이들의 정체였다.

세계의 경제와 과학기술은 물론이고, 질서를 위한 계획까지도 세우는 조직이 바로 이들이 속한 단체였다.

이들은 유럽을 위시한 아메리카 대륙까지 그 영향력이 뻗어 있어 사실상 세계를 지배하고 있다고 해도 과언이 아닐 수 없었다.

그렇지만 이 단체가 추구하는 제1의 가치는 돈이었다.

막강한 권력을 가지고 있기에 이들은 1년에 한 번씩 모여 세계경제에 대한 방향을 정했다.

그리고 필요하다고 생각되면 전쟁도 불사했다.

물론 그것은 어디까지만 자신에게 피해가 없는 한도 내에 벌어져야 했다.

하지만 이들이라고 늘 성공하기만 한 것은 아니었다.

계획은 사람이 세우지만, 전쟁이란 건 힘을 가지고 있는 자들이 예상하는 방향으로만 번지는 것은 아니었기 때문이다.

그 좋은 예가 바로 제2차 세계대전이었다.

제1차 세계대전으로 한 차례 이득을 본 이들은 다시 한번 큰돈을 벌기 위해, 혹은 잃은 돈을 되찾기 위해 작당하여 전쟁을 벌인 것이다.

하지만 전쟁은 예상 밖으로 크게 번지고 말았다.

설마 제1차 세계대전에서 패한 독일이 막강한 전력을 숨기고 있을 줄 예상하지 못했다.

또한 연합국의 한 축인 프랑스가 설마 독일에 그리 쉽게 함락당할 줄도 몰랐다.

독일의 동맹인 일본이 예상보다 전력이 강하지 못했기에 다행이지, 하마터면 계획한 것과는 반대로 전쟁의 양상이 흘러갈 뻔하였다.

"다시 한번 이야기하지만, 러시아에 대한 압박은 이 정도가 최선이야."

아론 헌트는 자신의 생각을 길리엄에게 이야기하며 현 상태를 유지해야 한다고 강조했다.

"러시아보단 중국이 제 주제를 모르고 기고만장해하고 있어."

"맞아. 버릇없는 칭크들이 기어오르는 걸 보면 정말이지 역겹다니까."

하인리히 구즈만도 중국이 국제 질서를 어지럽히는 것이 마음에 들지 않는지 한소리 하였다.

울트라 코리아

"하긴 칭크들은 한번 돈맛을 보면, 미친 것 같이 달려들더군."

길리엄도 이들의 이야기에 같은 생각인지 고개를 끄덕이며 이야기를 하였다.

"잽들은 주제를 알고 말을 잘 듣는데 그놈들은 왜 그러는 거야?"

"맞아! 땅만 크다고 지들이 대국인 줄 알더군."

"그 모든 것이 우리가 허락했기 때문이란 것을 모르니 그러는 거지."

세 사람은 돌아가면 현재 중국 정부가 벌이고 있는 행태에 대해 성토하기 시작했다.

"참! 그 옆에 있는 한국은 어떻게 할 거야?"

길리엄 윈저는 뭔가 생각이 났다는 듯 아론 헌트를 보며 물었다.

동북아의 일은 아론 헌트의 담당이었기 때문이다.

"한국이라……."

질문을 받은 아론 헌트는 쉽게 대답할 수 없었다.

몇 년 전까지만 해도 한국은 자신의 모국인 미국에 대부분을 의존하는 나라였다.

정치, 경제는 물론이고, 국방까지 말이다.

사실 말이 독립국이지 거의 속국이나 다름이 없다고 해도 무관했다.

그런데 불과 몇 년 사이에 상황이 급반전되었다.

정치는 제쳐 두고라도 경제의 경우, 10위권 안에 들어올 정도로 성장하였다.

1997년 급성장한 한국에 대한 제재 차원에서 경제를 흔들었는데도 한국인들에게 어떤 인자라도 있는 건지, 전쟁의 폐허 속에서도 경제성장을 한 것처럼 IMF 외환위기를 극복하고 지금의 위치에 올랐다.

참으로 기적과도 같은 일이 아닐 수 없었다.

겉으로는 서방세계의 도움을 받아 고도성장한 것처럼 보이지만, 사실은 그렇지 않았다.

서방세계의 지원은 절대로 공짜가 아니다.

자본주의가 기본인 서방세계의 지원은 그만큼 빼먹을 것이 있기에 지원해 주는 것이다.

그리고 자신들에게 위협이 될 정도로 성장을 했기에 아직 경제 기반이 약함에도 불구하고, 흔들어 그 알맹이를 빼앗으려 든 것이다.

그럼에도 한국인들은 일치단결하여 경제 위기를 이른 시간에 극복했다.

그리고 국방 또한 경제 못지않게 성장하였다.

막말로 미국이 원조해 주지 않았다면 한국이란 나라는 진즉 공산주의에 넘어갔을 것이다.

하지만 한국은 효과적으로 공산주의 국가인 북한을

막아 낸 것은 물론이고, 이제는 그 전력이 역전이 되어 북한을 압도하게 되었다.

비슷하게 미국의 원조를 받았음에도 공산주의로 넘어간 베트남과는 사뭇 다른 모습이었다.

더욱이 이제는 최첨단 전투기까지 개발하여 수출하고 있다.

영국이나 독일도 포기한 4.5세대 전투기를 개발하기도 했지만, 가격 대비 성능을 따져 보아도 그 어떤 동급 전투기보다 우월했다.

하지만 그건 단순히 가성비가 좋다고 판단하고 넘어갈 문제가 아니었다.

전투기를 자체 제작을 했다는 것은 더 이상 미국에 휘둘리지 않는다는 소리나 마찬가지였다.

또한 한국 내에서 미국의 영향력이 약해진다는 것과 같았다.

그런데 그건 비단 전투기뿐만이 아니었다.

그 작은 나라에서 세계에 내놔도 뒤지지 않는 이지스 순양함을 자체 건조하는 것은 물론이고, 지상전의 왕자인 최신예 전차, 그리고 탄도미사일과 순항미사일의 성능 또한 최고 수준에 이르러 있었다.

막말로 핵폭탄 빼고 모든 무기를 최고급으로 만들고 있는 것이다.

이제 겨우 인구 5,000만 정도에 불과한 나라에서 너무도 과한 무장을 하는 것이 아닌가라는 생각이 들 정도로 한국이란 나라는 알면 알수록 무서운 나라였다.

거기에 더해 최근 아주 특별한 정보가 들어왔다.

그것은 바로 미국도 실패한 파워 슈트에 대한 개발에 성공을 했다는 것이다.

게다가 이미 일본과 중국에 샘플을 보내 실전 테스트를 하고 있었다.

아론 헌트는 처음 그 정보를 들었을 때, 자신의 귀를 의심했다.

사실 미국은 프로젝트가 실패라고 공표했지만, 비밀리에 연구를 계속하고 있었다.

그럼에도 파워 슈트의 완성까지는 아직도 걸림돌이 많았다.

그중 가장 심각한 것은 바로 파워 팩의 문제였다.

파워 슈트를 움직이기 위해선 막대한 에너지와 그것을 보관하고 공급할 배터리가 필요했다.

하지만 현재 알려진 리튬 이온 배터리로는 충분한 에너지를 충전할 수가 없었다.

그나마 강력한 배터리가 겨우 30분 정도 파워 슈트를 운용할 수 있게 만들어 주었지만, 그것의 부피는 학생들이 착용하는 백팩 크기이기에 실용화하기에는 걸리는 부분이 많았다.

그에 반해 한국이 개발한 것으로 알려진 파워 슈트의 경우, 겉에 옷을 입으면 가려질 정도로 콤팩트했다.

이것만 봐도 한국이 보유한 기술력은 이젠 미국을 능가할 정도가 되었다는 것을 알 수 있었다.

그러니 아론 헌트로서도 방금 전 질문에 쉽게 답변을 할 수가 없는 것이다.

"휴, 사실대로 말하자면, 이제는 쉽지 않아."

"뭐! 그게 무슨 소리야?"

아론 헌트의 대답에 길리엄 원저는 깜짝 놀라며 소리쳤다.

어떻게 그럴 수가 있는지 그의 상식으로는 도저히 이해가 가지 않았다.

"아직 너희에게는 정보가 들어가지 않은 것 같네. 뭐, 곧 소식이 전해질 것 같으니 이야기하자면……."

아론 헌트는 자신이 이곳으로 오기 전, NSA로부터 전해 들은 정보를 이들 두 사람에게도 공유했다.

한참을 듣던 길리엄과 하인리히는 너무 놀라 경악을 한 나머지 아무런 말도 하지 못했다.

그도 그럴 것이, 이들의 위치상 많은 정보를 접했기 때문이다.

길리엄은 영국 왕실 일원이고, 하인리히는 독일의 경

제를 쥐고 흔드는 사람이기에 그 누구보다 많은 정보를 받아 보고 있었다.

그런데 방금 전 아론에게서 들은 이야기는 전혀 들어본 적이 없는 정보였다.

"그, 그게 사실인가?"

"사실이겠지. 그 출처가 NSA라면……."

하인리히와 길리엄은 도저히 믿을 수 없는 이야기라고 하며, 한 사람은 부정, 그리고 한 사람은 긍정을 표했다.

"그런데 중요한 것은 또 어떤 것이 있는지 알 수가 없다는 거야. 어쩌면 아무도 모르게 5세대 스텔스 전투기를 개발해 놓고 있을지도 모르지. 또 어쩌면 우리들이 연구하고 있는 6세대 전투기를 개발하고 있을 지도 모르고 말이야."

아론 헌터는 한국의 개발력을 더 이상 예측할 수 없다 말하며 농담조로 말을 꺼냈다.

하지만 그것이 소가 뒷걸음질에 쥐를 잡은 격으로 정확하다는 것을 그는 아직 몰랐다.

＊　　　＊　　　＊

홍진호 사장이 사무실을 나가고 실내에는 수호와 존

슐츠 그리고 마이크 로벤만이 남았다.

잠시 침묵이 감돌지만, 곧 언제 그랬냐는 듯 이들 간에 이야기가 오갔다.

"파워 슈트도 판매하실 계획이십니까?"

존 슐츠는 나이를 떠나 더 이상 수호를 일반적으로 무시할 수 없음을 깨달았다.

그는 더 이상 흔한 나이 어린 기업가가 아니었다.

"기업이 물건을 만드는 것은 판매를 목적으로 하기 때문이겠죠. 저 또한 기업인으로서 제품을 개발하였으니, 구매를 원하는 곳에 판매할 겁니다."

존 슐츠 대령을 보며 수호는 의도가 다분한 대답을 하였다.

지금 그가 한 말은 조건이 맞는다면 미국에도 팔겠다는 뜻이었다.

하지만 그 조건은 자신이 대답할 수 있는 게 아니라는 걸 존 슐츠도 알 수 있었다.

"전 미합중국 대통령의 명령을 받고 온 것입니다. 그러니 제게 조건을 이야기하시면, 그대로 대통령께 보고를 하겠습니다."

"하긴 존 바이드 대통령에게 특별 지령을 받고 오셨으니 당연히 그렇겠지요."

'아니!'

그가 존 바이드 대통령에게 특별히 명령을 하달 받은 것은 그 누구도 모르는 일이었다.

이는 바로 자신의 부관인 마이크 대위도 몰라야만 했다.

하지만 모든 것을 수호가 알고 있자, 존 슐츠 대령은 속으로 깜짝 놀랐다.

"아니, 그게 정말입니까?"

조용히 두 사람의 대화를 듣고 있던 마이크 로벤 대위는 고개를 돌려 자신의 옆에 앉아 있는 상관인 존 슐츠 대령을 바라봤다.

존 슐츠 대령은 그런 마이크 로벤의 질문에 대답하기보단, 어떻게 그런 정보를 알고 있는지 궁금해 미칠 지경이었다.

"그 사실을 어떻게 알고 계신 겁니까?"

"그거야 제게는 미국의 CIA나 NSA에 버금가는 비서가 있기 때문입니다. 그러니 당신들이 운용하는 것 정도는 충분히 도청 가능하지요."

"그 말은 지금 정수호 회장님께서 저희 미국을 상대로 불법을 저지른 사실을 자백하시는 겁니까?"

비록 정보 조직과는 상관없는 그이지만, 방금 전 수호의 대답을 가볍게 받아들일 수는 없었다.

오히려 미국에선 큰 위협으로 받아들일 수도 있는 일

이었다.

"미국 정부는 그래도 되고, 난 그러면 안 되는 것입니까?"

자신을 향해 항의하는 존 슐츠를 보며 수호는 미소를 지어 보였다.

이는 명백히 자신과 미국을 동일시하고 있는 말이었다.

하지만 존 슐츠는 그런 수호의 오만방자한 말에 어떤 대꾸도 할 수 없었다.

그도 그럴 것이, 지금 자신을 향해 눈을 반짝이며 쳐다보는 수호의 눈빛이 심상치 않았기 때문이다.

마치 감당할 수 없는 맹수의 앞에 놓인 것처럼 온몸의 세포와 근육이 긴장하며 바짝 조여져 꼼짝할 수가 없었다.

"아직은 우리나라가 미국을 능가하진 못하지만, 시간이 흐른 뒤에는 어떨 것 같습니까? 1년 뒤, 아니, 5년, 10년 뒤에는 어떨 것이라 생각합니까?"

수호는 마치 협박이라도 하듯 조금 전 자신에게 큰소리친 존 슐츠 대령을 보며 조곤조곤 이야기하였다.

단어 하나하나 존 슐츠의 뇌리에 새겨지듯 머릿속에 들어왔다.

꿀꺽!

수호의 반짝이는 두 눈에 마이크 로벤은 자신도 모르게 마른 침을 삼켰다.

그런데 그 소리가 얼마나 컸는지 맞은편에 앉은 수호의 귀에도 들릴 지경이었다.

"이런, 제가 손님들에게 너무했나요?"

언제 그랬냐는 듯 수호는 방긋 웃으며 분위기를 바꾸었다.

그러자 신기하게도 방안의 공기는 조금 전과 180도 바뀌어 버렸다.

'헉!'

너무도 순식간에 바뀐 분위기에 존 슐츠와 마이크 로벤은 속으로 경악하였다.

경험을 하면 할수록 눈앞의 존재는 그동안 자신들이 경험한 보통 사람들과는 너무도 달랐다.

"그게 말이 된다고 생각하시는 겁니까?"

존 슐츠는 방금 전 들은 수호의 말에 어처구니없다는 표정으로 물었다.

하지만 존 슐츠의 질문에 수호는 너무도 당연하다는 듯 대답하였다.

"그게 뭐가 어렵다는 말이죠? 더 이상 기존의 G2는 의미가 없지 않나요?"

수호는 기존 질서 아래서 G2라 불리는 나라들을 부정

하며 입을 열었다.

아직까진 세계 군사력이나 경제력을 따졌을 때, 미국과 중국의 위치를 의심할 수 없었다.

그렇지만 미래는 어떻게 될지 몰랐다.

G2 중 세계 최강국인 미국이야 바뀌지 않을 가능성이 높지만, 중국의 경우 위태위태했다.

그도 그럴 것이, 중국은 너무도 많은 적을 두고 있었기 때문이다.

물론 미국도 세계의 경찰을 자청하면서 수많은 적을 두고 있기는 하다.

하지만 미국은 그만한 힘을 과 튼튼한 경제력을 가지고 있었다.

그에 반해 중국은 급속한 발전으로 인해 천민 자본이 자리를 잡으면서 거품이 너무도 껴 있었다.

양적인 경제 발전과 군사력 발전은 겉으로 미국 다음으로 강력한 군사력과 경제력을 가진 것으로 보이게 만들었다.

하지만 그 내부를 세밀하게 들여다보면 너무도 부실했다.

사실 중국의 발전은 서방세계의 자본가들이 만들어 준 것이나 다름없었다.

자본주의를 정면으로 부정하는 공산주의 원산지인 소

련을 붕괴시키기 위해 자본가들은 막대한 자본을 들여 서방세계를 성장시켰다.

그러는 한편, 소련과 함께 공산주의의 한 축을 담당하는 중국이 소련과 국경에서 분쟁을 벌이자, 이때다 싶어 소련과 중국을 갈라놓기 위해 미국을 앞세워 중국에 지원해 주었다.

당시만 해도 중국은 지금과는 거리가 멀었다.

하지만 결론만 이야기해 보자면, 서방세계의 자본가들은 중국이란 나라를 몰라도 너무도 몰랐다.

중국이란 나라는 오래전부터 용광로와 같은 나라였다.

수많은 민족이 중국을 점령했지만, 결국에는 중국에 동화되어 쇠퇴하였다.

미국이 근대에 수많은 유럽의 이주자들을 받아들이며 성장한 것과는 다른 양상을 보여 준 것이다.

어찌 되었든 중국이란 나라는 그렇게 여러 민족이 동화되며 성장한 나라였다.

그러던 차에 자본주의가 들어오면서 새로운 전기를 맞이하게 되었다.

자본주의와 공산주의 이데올로기 그 용광로 속에 녹아들며, 무수한 가능성을 내포하면서도 정부의 통제가 막강한 이상한 나라가 된 것이다.

그러다 보니 중국은 미국이나 서방세계가 예상한 방향과는 너무도 다른 곳으로 나아갔다.

그러니 수호로서는 이런 중국을 그냥 두고 볼 수는 없었다.

나라가 발전을 하기 위해선 국내의 분열을 막고 정신을 하나로 뭉치는 것도 중요하지만, 인근 나라들의 혼란도 무척이나 중요한 요소다.

주변국이 안정화된다는 것은 그만큼 외부에 큰 위협 요소가 만들어진다는 소리다.

실제로 한반도가 강성했을 때는 대륙이나 열도가 분열된 시기와 맞물려진다.

그에 반해 대륙과 열도가 통일을 할 때면, 언제나 한반도가 불안정해졌다.

그런 이유로 수호는 대한민국이 성장을 하기 위해선 대륙의 분열이 절실하다고 생각했다.

열도의 혼란은 덤이고 말이다.

아니, 혼란이 아니더라도 자신의 통제하에 있다면 상관이 없다고 판단한 수호는 일본의 야쿠자를 이용해 밑에서부터 통제하기 시작했다.

일본은 겉으론 자유민주주의를 표방하지만, 그들의 정치는 민주주의가 아닌 전제주의와 유사했다.

특정 정치인 가문들이 대를 두고 권력의 세습을 하는

것이 어떻게 민주주의란 말인가.

그러니 수호도 이런 그들의 특성을 이용해 일본의 정치를 통제하려는 것이었다.

그렇게 이미 일본에 대한 계획은 진행되고 있으니, 이번에는 가장 어려운 상대인 미국을 이용해 중국을 상대로 작전을 펼칠 예정이었다.

수호가 제시한 조건은 가히 충격적이었다.

"중국 또한 비슷한 거래를 미국에 시도하지 않았습니까. 저는 그저 그 대상을 북한이 아니라 중국으로 바꿨을 뿐입니다."

2019년 중국은 한반도를 둘러싼 미국, 중국, 러시아, 그리고 일본에 아주 어처구니없는 제안을 했다.

한반도 미래 경영이란 주제로 당사자인 북한과 한국을 빼고 북한 지역에 대한 분할 지배를 기획한 것이었다.

한국에는 황해도 일부를 넘겨주고 자신들은 남은 지역을 분할하여 통치하자는 것인데, 그 내용이 참으로 기가 막혔다.

"알고 있을지 모르겠지만, 중국이 먼저 우리나라를 상대로 엉뚱한 생각을 했습니다. 저는 이를 그대로 돌려주자는 것일 뿐이고요."

수호는 이야기를 하면서도 그 안에 분노의 감정을 숨

기지 않았다.

"당신은 중국을 분할통치하자는 의견을 어떻게 생각하십니까?"

수호는 잠시 숨을 고른 뒤 존 슐츠에게 물었다.

당장 대답을 듣기 위한 질문은 아니었다.

"북한을 분할하는 것보단 중국을 분할하여 힘을 줄여놓는 것이 미국의 입장에서도 더 좋은 결과이지 않을까요?"

수호는 한번 생각해 보라는 듯 그들에게 시간을 줬다.

'음, 그건 맞기는 한데… 그렇다면 한국의 힘이 너무 커지는 것 아닌가?'

분명 조금 전 수호가 이야기를 한 것처럼 미국의 입장에선 대립하고 있는 중국이 분열하는 것이 좋았다.

하지만 그렇게 되면 아시아에서 성장하고 있는 한국을 견제할 국가가 없어지게 된다.

존 슐츠는 아무리 생각해 봐도 어느 것이 미국에 더 도움이 되는 일일지 판단이 되지 않았다.

그런데 이런 존 슐츠의 고민을 이해하기라도 한 듯 수호가 입을 열었다.

"다른 나라는 모르겠지만, 우리 대한민국은 지금까지 도움을 준 나라에 실망을 안긴 적이 없다는 것을 인지

하기 바랍니다."

한국인들은 자신들이 어려울 때, 도움을 준 나라를 절대로 잊지 않았다.

6.25 전쟁 당시, 수많은 나라들이 아무런 연고도 없는 이 나라에 도움의 손길을 내밀었다.

그들 덕분에 전쟁이 끝나고 남과 북으로 갈려 대립을 하면서도 눈부신 경제 발전을 이룩할 수 있었다.

하지만 대한민국이 이런 발전을 하고 있을 때, 손을 내밀어 준 많은 나라들이 역시 성장한 것은 아니었다.

한국은 그런 국가에 이번엔 반대로 손을 내밀어 주었다.

실제로 에티오피아는 군사 쿠데타로 정권이 바뀌 한국에 파병된 군대가 반란군으로 몰리는 경우도 있었다.

한국인들은 누가 시킨 것도 아닌데 이들을 찾아가 많은 도움을 주었다.

뿐만 아니라 남미의 콜롬비아는 오래전 인연을 들어 낙후된 해군력 증강을 위해 퇴역하는 군함을 정비하여 보내 주기도 했다.

세계적 전염병이 대유행할 때는 참전 용사들에게 우선적으로 진단키트를 보내 주기도 하고 수많은 구호품을 전달해 주었다.

이렇게 대한민국은 어려울 때 도움을 준 나라에 그

이상의 보답을 해 주었다.

그에 반해 중국이나 일본은 도움을 받았음에도 불구하고, 그 사실을 매우 쉽게 잊었다.

심지어 도움을 준 나라가 조금이라도 약한 모습을 보이면 그것을 빌미로 물어뜯으려 하기까지 했다.

실제로 일본은 미국의 도움으로 경제성장을 하자, 미국의 뒤통수를 치며 하와이를 기습 공격하였다.

물론 그 대가로 히로시마와 나가사키에 원자폭탄을 맞고 패망하긴 했지만 말이다.

"음."

"일본이나 중국은 도움을 받은 뒤 미국의 뒤통수를 쳤습니다. 하지만 지금까지 우리 대한민국이 미국과 척을 진 적이 있습니까?"

수호는 한참 고민을 하는 존 슐츠를 보며 단도직입적으로 물었다.

그러면서도 한마디 더 덧붙였다.

"미국의 입장에서 동북아시아 정책의 파트너로 현재의 일본과 우리 대한민국을 비교해 어느 쪽과 손을 잡는 것이 더 이득인지 생각해 보시기 바랍니다."

사실 미국의 입장에선 일본과 대한민국 두 나라는 어느 쪽도 손을 놓을 수 없을 정도로 동북아시아 정세에 꼭 필요한 나라들이었다.

하지만 지금까지 미국의 정책 기조를 보면 한국보단 일본에 무게 추가 기울어져 있었다.

그런데 앞으로 미래를 생각해 보았을 때, 기존의 기조를 이어 가는 것이 맞냐고 판단한다면, 그것은 생각해 볼 여지가 있었다.

그도 그럴 것이, 일본은 미국에 있어 예전만 못했기 때문이다.

21세기에 들어서면서 일본의 경제는 심각할 정도로 뒤처졌다.

물론 지금도 미국이 필요한 자금원이 되고, 또 동북아에서 중국과 러시아의 확장을 막는데 공헌하고 있는 것은 맞았다.

하지만 그것도 얼마 전까지의 일이다.

지금은 중국과 러시아를 견제하는데 일본보다는 한국이 더 큰 역할을 하고 있다.

특히나 점점 뒤처지는 일본과 다르게 한국은 지금도 성장하고 있었다.

경제력은 물론이고, 국방력까지도 급격히 성장하여, 예전 일본 자위대가 하던 미국의 보조를 한국이 대신하고 있었다.

일본의 자위대는 사실상 전투력이 거의 없는 것이나 다름없었다.

모르는 사람들은 자위대가 모병제이기 때문에 전문적이라 할 것이다.

하지만 실상을 들여다보면 그들은 전혀 그런 면모를 가지고 있지 않았다.

심지어 군인으로서의 사명감조차 없는 단체였다.

그 때문에 실제 전투와 같은 비상 상황이 닥쳤을 때, 탈영병이 즐비하게 나왔다.

그런 자위대를 두고 어떻게 중국과 러시아를 견제하는 동북아 파트너로 삼을 수 있겠는가.

그에 반해 대한민국 국군은 오래전부터 전 세계에 그 위상이 알려진 상태였다.

일당백의 전투력을 가진 한국군은 베트남 전쟁과 이라크 전쟁, 그리고 아프가니스탄 등 수 많은 전쟁터에서 그 명성을 드높였다.

그렇다고 한국군이 전쟁광이라는 건 아니었다.

파견된 지역에 치안은 물론이고, 의료 서비스와 교육에도 많은 도움을 주었다.

그 때문에 몇몇 모국어가 없던 나라들은 한글을 자신들의 공식 문자로 채택하기도 했다.

소리글자이다 보니 배우기도 쉽고 쓰기도 쉬워 금방 익혀 사용할 수 있었다.

이렇듯 한국은 자신들과 인연을 맺은 나라와의 관계

를 매우 소중히 생각했다.

"하지만······."

존 슐츠는 수호가 무슨 말을 하려는지 알았다.

하지만 자신은 군인이지 정치인이 아니었다.

"압니다. 당신은 군인이라는 것을 말입니다."

'헉!'

존 슐츠는 자신의 생각을 족족 맞추는 수호를 보며 그가 점점 무서워지기 시작했다.

'그는 절대 그냥 기업인이 아니야.'

처음 수호를 만났을 때 받은 느낌과 지금 대화하면서 느끼는 감각은 전혀 달랐다.

3년 전 처음 만날 때만 해도 갓 군대를 나온 군인과 비슷한 인상이었다.

뭔가 고집이 있는 청년 같은 느낌말이다.

하지만 지금은 노련한 정치가를 보는 것 같았다.

자신이 가진 카드를 적절히 이용하는 프로 겜블러 같기도 하면서 적당히 자신이 가진 패를 상대에게 보여 주기도 하는 장사꾼 같기도 했다.

그는 이미 너무도 닳고 닳은 전문가였다.

"흠, 그럼 내가 어떻게 해 주길 바라는 겁니까?"

더 이상 이야기를 해 봐야 자신이 원하는 바를 이룰 수 없다는 판단에 존 슐츠는 급기야 항복하고 원하는 것이 무엇인지 물었다.

"저는 처음부터 제가 원하는 것을 계속해서 이야기했습니다."

"그게 무엇이냐는 것이지요."

"흠, 아직도 모른다고 하니 직접적으로 말하죠."

수호는 그렇게 자신이 생각하는 것을 모두 존 슐츠에게 이야기를 하였다.

그리고 그것을 백악관에 있는 존 바이드 대통령에게 전달해 달라는 이야기를 하였다.

"알겠습니다."

존 슐츠는 모든 이야기를 듣고는 알았다고 하였다.

그 말 외에는 솔직히 자신이 할 이야기가 없었기 때문이다.

"그럼 나중에 뵙도록 하죠."

수호도 어차피 그와 더 이상 할 말이 없었다.

그가 할 수 있는 일이 더 이상 없음을 알기 때문이었다.

*   *   *

미국에서 온 존 슐츠 대령과 이야기를 마친 수호는 곧바로 장군회의 고문인 김중관에게 연락하였다.

그러고는 존 슐츠 대령 일행과 한 이야기를 꺼냈다.

그러면서도 자신이 그들에게 건넨 제안을 함께 언급했다.

"어디까지 생각하고 있는 것인가?"

김중관은 얘기를 모두 듣고 조심스레 질문을 던졌다.

"어디까지라니요?"

"그러니까, 자네가 생각하는 계획이 어디까지인지 물었네."

김중관은 수호의 이야기가 너무도 황당하다 생각했다.

실현 가능성이 거의 전무하다고 말이다.

때문에 어디까지 계획하고 있는지 새삼 궁금해졌다.

"혹시 물어보는 게 어디까지 땅을 회복할 건지입니까?"

수호는 질문을 받고는 두 눈을 반짝이며 물었다.

"맞네."

"그것이라면 잃어버린 고토를 모두 되찾아 와야 하지 않겠습니까?"

"고토 회복이라……. 좋은 이야기이기는 하네. 그러니 어디까지 고토라 생각하는 건지 묻는 것일세."

김중관은 수호의 대답을 속단하지 않고 되물었다.

그러자 수호는 한 번 더 입가에 미소를 짓고는 대답

하였다.

"많은 사람들은 고토 회복이라 하면 고구려 광개토대왕이나 장수왕 시절의 영토를 생각하더군요."

"그렇지."

"하지만 그때보다 더 넓은 영토를 가지고 있던 적이 있다는 것을 사람들은 잘 알지 못하더군요."

"응?"

김중관은 어리둥절한 눈으로 수호를 쳐다보았다.

아니, 광개토대왕 시절의 고구려 영토보다 더 넓던 시절이 있었다니, 그때가 언제란 말인가?

정말로 의문스러운 말이 아닐 수 없었다.

"4세기 근초고 대왕 시절의 백제. 그 시절 한반도는 가장 강성했으며, 일본과 중국의 산둥성, 북경 일대는 백제의 식민지와 같았습니다."

"헉!"

김중관은 수호의 이야기에 놀라지 않을 수가 없었다.

사실 김중관도 들어 본 적이 있기는 했다.

하지만 그 이야기는 공식적으로 인정되는 역사가 아닌 야사에 가까운 이야기였다.

그런데 지금 수호는 이를 정사로 취급하며 이야기하고 있는 것이었다.

"물론 제 이야기를 허무맹랑한 이야기로 치부할 수도

있습니다. 하지만 뭐 어떻습니까? 우리나라가 성장을 하기 위해선 중국이 지금처럼 커다란 하나의 나라로 있는 것보단 몇 개의 나라로 분열해 있는 것이 좋지 않겠습니까? 그리고……."

수호는 이야기를 하다 말고 빙그레 미소를 지으며 자신의 생각을 이야기하였다.

그런 수호의 말을 들은 김중관 역시 깊은 생각에 빠졌다.

'확실히 나쁘지 않아!'

김중관은 수호의 이야기에 저도 모르게 동화되었다.

"그렇긴 하지만 중국이 분열한다고 우리가 정말로 자네 말대로 성장할 수 있을까?"

조금 의문이 드는 것도 사실이었다.

"지금 진행되고 있는 것만 착실히 완성해 나간다면 충분히 가능하리라 봅니다."

수호는 현재 자신이 벌이고 있는 일이나, 대한민국 안에 소속된 기업들이 지금까지처럼 자신이 맡은 바 일을 그대로 밀고 나간다면 최소 10년 안에는 충분히 동북아에서 가장 강력한 나라로 성장할 수 있다고 믿었다.

아니, 자신이 그렇게 만들 것이라 속으로 다짐하였다.

'제가 그렇게 만들 것입니다.'

6. 대통령과 독대

어둠이 내린 청와대 대통령 집무실.

집무실의 주인인 정동영 대통령은 업무를 마친 뒤에도 뭔가 생각할 것이 많은지 의자에 깊게 몸을 묻고 눈을 감고 있었다.

"대통령님, 어디 불편한 곳이라도 있으십니까?"

비서실장인 최대화는 눈을 감고 있는 정동영 대통령의 곁으로 다가가 물었다.

"음? 아니야."

"처리할 업무도 모두 마치셨는데, 그만 들어가셔서 쉬시는 것이 어떻겠습니까?"

대통령에 당선이 되기 전부터 함께한 비서실장이기에 최대화는 그런 정동영이 걱정스러웠다.

때문에 그는 조심스럽게 정동영에게 자신의 생각을 이야기하였다.

"아니야, 내 좀 생각할 것이 있어서 그래. 좀만 더 있다 들어가기로 하지."

사실 정동영 대통령은 비록 공식적인 업무는 아니지만, 아직 처리해야 할 일이 하나 있었다.

그것은 어떻게 보면 조금 전까지 처리하던 업무보다 더 중요한 내용이 아닐 수 없었다.

"예. 그럼 밖에서 대기할 테니 필요하시면 불러 주십시오."

최대화는 정동영 대통령의 대답에 그가 무슨 뜻으로 하는 말인지 깨닫고 얼른 대답하며 밖으로 나갔다.

"그래. 내 필요하면 말하겠네."

자신의 동지이자 비서실장인 최대화가 나가고 난 뒤 정동영은 조금 전 고민하던 것을 다시 한번 떠올려 보았다.

[이것은 기회입니다. 우리 대한민국이 미국과 어깨를 나란히 하고 동등해질 수 있는 절호의 기회란 말입니다. 판은 이미 SH 그룹의 정수호 회장이 깔아 두었습니다. 그러니…….]

대한민국의 군사 고문이라 할 수 있는 장군회의 김중관 고문이 하고 간 이야기였다.

'또 SH 그룹이란 말인가?'

며칠 전에는 국방부 장관인 최대환이 느닷없이 찾아와 계획에도 없던 스텔스 전투기를 구매해 달라고 하였다.

그런데 오늘은 또 장군회의 김중관 고문이 찾아와 미국과의 협상을 이야기하는 것이 아닌가.

대한민국의 방위산업 기업 중 하나인 SH 그룹에서 미국도 개발에 실패한 파워 슈트란 것을 개발에 성공하고, 미국이 그것을 구매하기 위해 나섰다는 것이다.

하지만 파워 슈트가 어떤 물건인지 알지 못하는 정동영 대통령은 그게 무슨 의미가 있는지 알 수 없어 그냥 이야기를 듣고만 있었다.

그렇지만 설명을 듣고 그 가치를 이해하지 못할 정도로 무식하지는 않았다.

'허허, 국내에 그런 무기를 개발할 수 있는 기업이 있을 줄이야.'

정동영 대통령은 파워 슈트에 관한 이야기는 물론이고, SH 그룹이 거느린 기업군에서 생산하는 물건에 대해 자세한 설명을 듣고 깜짝 놀랐다.

자세하게 알려지진 않았지만, SH 그룹은 성삼이나 대현 그룹 못지않은 거대 기업이다.

특히나 이들이 생산하는 제품의 품질은 여타 기업들이 따라가지 못할 정도로 기술력이 뛰어났다.

뿐만 아니라 장관과 고문까지 나서서 얘기하는 SH 그룹과 회장인 수호에 대한 궁금증이 일어 자세히 알아보고는 더욱 놀라고 말았다.

그도 그럴 것이, 수호의 이력이 상당히 특이했기 때문이다.

출신 집안도 그 정도면 금수저까진 아니더라도 은수저는 되는 집안의 후손이었다.

그 정도면 어떻게든 군대에 가지 않기 위해 수를 썼을 텐데, 그러지 않았다.

아니, 군대에 입대를 한 것도 특이하지만, 만기 전역할 때쯤 부사관으로 특수부대에 장기 지원을 하기까지 했다.

보통 장기 지원을 하더라도 같은 병과를 지원하는 것이 대부분인데, 정수호 회장은 위험한 특수부대에 지원하였다.

그렇다고 수호가 겉멋이 들어 특수부대에 지원한 것도 아니었다.

누구보다 치열하게 훈련에 임하고, 또 부대에 전출된

뒤로도 외국에 파견을 나가 혁혁한 공을 세우고 무공훈
장까지 받았다.

그것도 국가에서 주는 것뿐만 아니라 동맹인 미군에
게까지 그 공을 인정받았다고 한다.

하지만 뒤이어 적혀진 정보에 낯이 뜨거워졌다.

무공훈장까지 받은 유공자를 작전 중 부상을 당하자
나 몰라라 버린 것이었다.

참으로 어처구니없는 일이 아닐 수 없었다.

정동영 대통령은 수호가 그렇게 충성을 다 바친 조국
에 버림받았음에도 기업을 일구어 다시 국가에 이바지
를 하고 있다는 사실을 알게 되어 너무도 고맙고 미안
해졌다.

자신이 그와 비슷한 경험을 하게 되었다면 어떻게 했
을지 생각을 해 보았다.

물론 자신은 군 출신이 아닌 정치인이었다.

그런 자신이 국가에 버림을 받았을 때, 정말로 그와
같은 행동을 할 수 있을지 생각을 해 보았지만 결론은
'아니다'였다.

그동안 자신은 국가를 위해 충성을 다한 애국자라 생
각했지만, 생각해 보니 그것은 애국심이 아닌 자신에게
도 이득이 되기에 그렇게 행동한 것뿐이란 것을 깨닫게
되었다.

'후우!'

그것을 깨달은 정동영은 자신도 모르게 깊게 숨을 내쉬었다.

무언가 결심이 선 것이다.

하지만 그렇다고 해서 함부로 결정할 수는 없었다.

그만큼 자신이 맡은 임무는 그 어떤 것보다 중요했기 때문이다.

"최 실장!"

결심이 서자 정동영 대통령은 집무실 밖에 대기하고 있는 최대화 실장을 불렀다.

덜컹!

"부르셨습니까?"

"그래요. 내일 아침 일정이 어떻게 되죠?"

최대화 비서실장은 얼른 정동영 대통령의 질문에 답했다.

정동영 대통령은 고민 끝에 오전 일정을 모두 취소했다.

그리고 그 시간에 SH 그룹의 회장인 수호와 면담을 할 것이니 그에 맞게 조치를 취하라는 명령을 내렸다.

이는 평소 정동영 대통령의 행동과는 결이 달랐다.

하지만 그렇지 않은 사람이 행동할 때 다가오는 파급력은 엄청난 것이었다.

"알겠습니다. 그렇게 조치하겠습니다."

다급하게 오전 일정을 취소하고 기업인과 독대하는 것은 쉽지 않은 일이었다.

그럼에도 정동영 대통령은 지금까지의 일들을 면밀히 계산하고 수호에게서 직접 이야기를 들어 봐야 한다고 판단을 하였다.

때문에 이런 무리한 일정을 만든 것이다.

　　　　*　　　　*　　　　*

조금 뒤면 대통령과 독대를 하게 된다.

처음 청와대 비서실장이라고 자신을 밝힌 최대화의 전화를 받았을 때는 조금 놀랐다.

설마 김중관 고문과 이야기를 한지 몇 시간이 지나지 않아 청와대에서 바로 전화가 걸려올지 예상하지 못했기 때문이다.

전화가 오더라도 며칠 걸릴 것으로 예상을 했는데, 생각보다 청와대의 반응이 빨랐다.

"들어가시죠."

언제 다가왔는지 최대화 비서실장이 수호에게 말을 걸었다.

"예."

대기를 하기 위해 앉아 있던 의자에서 일어나 비서실 장인 최대화를 따라나섰다.

'어? 여긴…….'

전에 김중관 고문과 함께 대통령을 만나기 위해 왔을 때는 이 방향이 아니었다.

그런데 지금 가는 곳은 대통령이 손님을 맞이하는 영빈관이 아닌 대통령이 업무를 보는 집무실이 있는 방향이었다.

덜컹!

"대통령님, SH 그룹의 정수호 회장을 모셔 왔습니다."

최대화 비서실장은 집무실 문을 열고 들어가며 보고를 하였다.

뒤에서 이를 지켜보던 수호는 눈을 반짝였다.

그도 그럴 것이, 전에 보았을 때보다 훨씬 늙어 버린 정동영 대통령의 얼굴을 보았기 때문이다.

수호가 대통령을 본 것은 불과 2년 전이었다.

그런데 불과 2년 사이에 이렇게나 세월의 흔적을 정통으로 맞은 모습일 것이라고는 상상도 못 했다.

'대통령이란 자리가 쉽지는 않구나.'

수호는 속으로 그렇게 생각을 했다.

자신의 결정 하나에 국가의 명운이 걸리는 일이기에

대통령의 결정은 하나하나가 신중해야만 했다.

그러니 그에 대한 스트레스도 일반 사람들이 받는 것 이상으로 엄청날 것이다.

'이렇게나 힘든 직책을 무엇 때문에 서로 차지하기 위해 이전투구를 하는 것인지 알 수가 없네.'

정동영 대통령의 얼굴을 보게 된 수호는 그렇게 생각을 하며 조심스럽게 대통령 앞으로 걸어갔다.

"어서 와요."

"다시 뵙게 되어 영광입니다."

자신을 환영하는 대통령에게 수호도 고개를 숙이며 인사를 하였다.

"일단 앉지요."

정동영 대통령은 정중한 목소리로 수호에게 자리를 권했다.

그리고 독대를 하기 전 마실 음료를 권하고, 또 음료가 준비가 될 동안 신변잡기를 물어보았다.

그렇게 담소를 나누다 비서실장이 밖으로 나가자 본격적으로 독대가 이루어졌다.

"최대환 국방부 장관에게서 들었습니다. 스텔스 전투기라는 것을 SH항공에서 만들 수 있다고 하던데, 그게 사실입니까?"

"예, 사실입니다."

질문에 대답을 하면서 좀 의아한 생각이 들었다.

군이 스텔스 전투기에 대해 묻기 위해 자신을 불러 독대를 하는 것이 이해가 가지 않았기 때문이다.

그 정도라면 비서실장이나 청와대 참모들 아무에게나 지시를 내려 알아보면 되는 일이었다.

군이 자신을 불러 물어볼 필요가 없다는 이야기다.

"허허, 그렇다면 진즉 알았다면 좋았을 것을……."

SH항공에서 5세대 스텔스 전투기를 만들 수 있다는 대답에 정동영 대통령은 무슨 생각에서 그런지 알 수는 없었지만 작게 혼잣말을 중얼거렸다.

하지만 귀가 밝은 수호의 귀에 그 소리가 모두 들렸다.

[대통령도 정치인은 정치인인가 보네요.]

가만히 있던 슬레인이 텔레파시를 통해 수호에게 말을 걸었다.

'당연하지.'

슬레인은 그가 어제 김중관 고문과 나눈 이야기를 할 것이라 예상을 했는데, 스텔스 전투기 이야기를 꺼내자 새삼 놀라는 중이었다.

"어제 김중관 고문이 찾아와 SH 그룹에서 스텔스 전투기에 버금가는 엄청난 것을 개발했다고 하던데, 그것도 사실이겠지요?"

무슨 의미에서 물어본 것인지 알 수는 없지만 일단 슬레인과의 대화를 멈추고 그에 대답을 해야만 했다.

　"경우에 따라선 그보다 더 대단하다 할 수 있습니다."

　수호는 대통령의 질문에 한 점의 거짓도 없는 자신의 생각을 이야기하였다.

　그런 수호의 대답에 정동영 대통령의 눈빛이 바뀌었다.

　"설명을 듣기는 했는데, 정확하게 그 파워 슈트란 것이 어떤 물건입니까? 이름에서 슈트란 단어가 있는 것을 보면 옷 같은데, 그게 스텔스 전투기만큼이나 엄청난 것입니까?"

　군사 무기에 관해 전혀 알지 못하는 대통령이다 보니 조금 더 알기 위해 질문을 한 것이다.

　"파워 슈트 그 이름에서도 짐작할 수 있듯, 그것은 착용자의 힘을 더욱 강화해 주는 옷, 아니, 정확하게는 로봇입니다."

　"로봇이요?"

　"네, 입음으로써 착용자가 가진 힘의 몇 배를 내게 만들어 주는 옷이면서 로봇입니다."

　"허!"

　파워 슈트에 대해 누구나 알아들을 수 있게 아주 간

략하게 설명을 해 주었다.

그러자 정동영 대통령은 어느 정도 파워 슈트에 대해 이해를 하고는 깜짝 놀랐다.

입는 것만으로 몇 배의 힘을 내게 만들어 준다니 정말로 놀라운 물건이 아닐 수 없었다.

대통령 또한 대한민국 남자이기에 군대에 다녀온 경험이 있었다.

그런데 입는 것만으로 몇 배의 힘을 내게 해 준다니 그러한 것을 입은 군인이라면 어떤 능력을 발휘할지 궁금해졌다.

"그러한 것을 입는다고 군대가 강력해지는 것입니까?"

"물론 그것만으로도 충분히 강해질 수 있습니다. 하지만……."

"하지만?"

"아무리 가벼운 총알이라도 일반 장병들이 몸에 지닐 수 있는 량은 그리 많지 않습니다."

수호는 인간이 가질 수 있는 무게의 한계에 대해 설명을 하고 또 군인들이 전쟁을 하면서 소모하는 탄약의 개수와 현대 군인들이 갖춰야 할 개인화기와 장구류들의 무게 등을 설명해 주었다.

거기에 더해 현재 대한민국이 처한 상황에 대해서도

설명을 하였다.

날로 심각해지는 인구 감소로 인해 군대에 필요한 장정들이 부족해지고 있는 이때, 전투력을 유지하면서 인구 감소에 대처할 수 있는 방향에 대해 이야기하며 파워 슈트가 미래에 어떻게 사용되어야 하는지도 설명해 주었다.

그런 수호의 설명에 정동영 대통령은 자신도 모르게 입을 벌리고 말았다.

그만큼 파워 슈트가 가지는 가치를 깨달았기 때문이다.

인구 감소로 필요한 군인의 수는 해가 갈수록 줄어든다.

이를 대처하기 위해선 군의 첨단화와 기계화가 필요한데, 인간이 감당하기에는 무게의 한계가 있었다.

그렇다고 군의 장비를 무조건 경량화한다고 되는 일도 아니었다.

일반 장비와 다르게 군에서 사용하는 장비는 신뢰성이 무엇보다도 중요한 요소다.

그렇기에 군에서 사용하는 차량들이 사회에서 사용하는 차들보다 기능이 떨어짐에도 계속해서 사용되는 것이다.

이는 전장의 험악한 상황에서도 고장이 잘 나지 않고

또 고장이 나더라도 현장에서 간편하게 고칠 수 있어야 하기에 단순하면서도 튼튼한 것을 채택할 수밖에 없는 것이었다.

그런데 수호는 그와 반대로 최첨단이면서 미래의 군인이 어떻게 행동을 해야 하면 전술과 전략이 어떻게 변할지도 언급을 하며 파워 슈트가 왜? 필요한 것인지 그리고 무엇 때문에 초강대국 미국이 천문학적인 예산을 투입하여 개발하려 했는지까지 설명을 하였다.

이런 이야기를 들은 정동영 대통령은 수호의 말에 흠뻑 빠져들었다.

자신의 이야기에 정동영 대통령이 관심을 보이자 수호는 본격적으로 그를 설득하기 시작했다.

*   *   *

"대령! 그게 정말인가?"

밀라 모리스 국무 장관은 NSC(국가안보 회의)에 불려온 존 슐츠 대령에게 질문을 하였다.

그런 국무 장관의 질문에 존 슐츠 대령은 그가 수호에게서 들은 제안을 그대로 들려주었다.

"예, 맞습니다. 파워 슈트를 수입을 하려면……. 이상입니다."

울트라 코리아

대통령의 명령으로 파워 슈트의 출처를 알아보고 또 구매할 수만 있다면 구매를 하기 위해 한국으로 향했다.

파워 슈트의 개발한 존재의 소재를 알지 못하는 상태에서 막연히 짐작만 하고 찾아갔는데, 자신의 짐작이 맞았을 때 그 느낌은 존 슐츠는 잊을 수가 없었다.

그렇게 그때의 감정을 떠올리던 존 슐츠는 덧붙여 이야기를 하였다.

"그는 이미 우리의 생각을 알고 있습니다."

"그건 또 무슨 소리지?"

느닷없는 이야기에 밀라 모리스 국무 장관이 소리치듯 물었다.

아무리 국무 장관이라도 NSC를 진행하는 중에 이렇게 큰 목소리를 내는 것은 결례가 아닐 수 없었다.

하지만 어느 누구도 그를 막는 이는 없었다.

그만큼 지금 논의되고 있는 내용이 심각했기 때문이다.

미국을 움직이는 최고 권력자들 속에 있으면서도 존 슐츠는 전혀 떨지 않았다.

그도 그럴 것이, 이미 한국에서 이보다 더 두려운 경험을 한 번 했기 때문이다.

이들은 그저 권력을 가진 존재들로써 계급으로 그를

억압하고 있지만, 수호는 아니었다.

수호가 사무실에서 보여 준 존재감은 이성을 가진 생명체로서 본능적인 포식자에게서 느껴지는 원초적인 것이었다.

그에 비하면 이들이 쏘아 내는 압박은 별 타격도 주지 못했다.

물론 한국에서 경험이 없었더라면 존 슐츠는 이들 NSC 위원들이 내보이는 위압감에 질려 떨고 있었으리라.

"그는 우리 미국을 위해서라도 자신의 조국과 손을 잡아야 한다고 했습니다."

존 슐츠 대령은 수호가 자신에게 한 이야기를 그대로 전달을 했다.

그런 존 슐츠의 이야기에 존 바이드 대통령이 담담히 물었다.

"그럼 대령 생각은 어떤가?"

마치 옆집 아저씨의 질문처럼 무척이나 편안한 질문이었다.

그렇지만 그 말속에는 많은 뜻이 담겨 있었다.

"제 판단을 물으신다면, 전 그의 말대로 한국과 손을 잡는 것이 우리 조국을 위해 좋다고 생각합니다."

대통령의 질문에 한 점 생각할 것도 없다는 듯 존 슐

츠 대령은 바로 자신의 생각을 이야기하였다.

그런 존 슐츠 대령의 모습에 이를 지켜보던 NSC 위원들의 눈이 반짝였다.

"그 근거는 무엇인가?"

다시 한번 대통령의 질문이 있었다.

그러자 존 슐츠 대령은 자신이 미국에 돌아와 정수호와 SH 그룹에 대한 정보를 찾아보았고, 그런 판단을 한 근거를 이야기하였다.

"맥그리거 보좌관님, 제가 드린 자료를 주시겠습니까?"

존 슐츠는 대통령의 질문에 고개를 돌려 백악관 안보 보좌관인 이안 맥그리거에게 말하였다.

그러자 호명을 받은 이안 맥그리거 안보 보좌관은 NSC에 불려왔을 때 그가 준 서류 봉투를 건네주었다.

그리고 이를 전해 받은 존 슐츠 대령은 서류 봉투 안에서 잘 꾸려진 서류철을 꺼내 대통령 이하 NSC 위원들에게 한 부씩 돌렸다.

"이게 뭔가?"

"그건 앞 장에 있는 제목에서도 알 수 있듯 한국의 방위산업체인 SH 그룹에 대한 보고서입니다."

"굳이 이런 것을 우리가 봐야만 하나?"

존 슐츠 대령이 전달한 서류를 들어 보이며 부정적인

말을 하는 밀라 모르스 국무 장관의 목소리가 들렸다.

하지만 그럼에도 존 슐츠 대령은 얼굴 표정 하나 바뀌지 않고 그에 대답을 하였다.

"SH 그룹은 미 육군에서도 수입해 사용 중인 방탄 스프레이를 생산하는 SH화학의 모기업입니다. 그리고……."

SH 그룹이 그저 동아시아의 작은 나라에 있는 방산 그룹이라 생각하고 있는 NSC 위원들의 생각을 깨는 건 불과 몇 초가 걸리지 않았다.

"허!"

"설마 스텔스 전투기를 개발할 수 있다고?"

여기저기서 놀란 탄성이 들려왔다.

하지만 존 슐츠의 이야기는 그것에 그치지 않았다.

"한국은 이스라엘에 이어 독자적으로 다층 MD 체계를 완성했습니다."

"아니, 그건 또 무슨 소린가?"

미사일 방어 체계를 언급을 하자 다시 한번 회의장 내가 소란스러워졌다.

"한국은 오래전부터 북한의 방사포와 다련장 로켓의 위협으로부터 수도 서울의 방어를 위해 노력을 해 왔습니다."

수호와의 면담 이후 존 슐츠는 그때 받은 충격으로

수호와 SH 그룹 그리고 대한민국에 대해 많은 공부를 하였다.

그리고 SH 그룹이나 대한민국이 처한 상황을 알게 되면서 수호가 무엇 때문에 자신을 통해 미국에 그런 제안을 했는지 알게 되었다.

"이스라엘에서 박격포와 로켓 공격을 방어하기 위해 개발한 아이언 돔 시스템이 세상에 나오자 가장 먼저 그것에 관심을 보인 것은 우리보다 한국이 먼저였습니다."

전쟁이 끝나지 않은 휴전을 하고 있는 나라, 그곳이 바로 한국이었다.

한반도의 중간에 철책을 세우고 서로에게 총부리를 겨누며 언제 다시 전쟁을 벌일지 모르는 상황에서 북한은 수시로 한국을 도발했다.

휴전선 일대에서 남측 초소에 기관총을 쏘는 것은 애교 수준이다.

해병대가 주둔하고 있는 연평도에는 로켓포 공격도 서슴지 않았다.

그러니 한국이 아이언 돔에 관심을 보이는 것은 어쩌면 당연한 일이다.

하지만 관심을 보인 것도 잠시 한국은 금방 이스라엘의 아이언 돔 시스템에서 관심을 돌렸다.

그도 그럴 것이, 아이언 돔 시스템은 무척이나 효율성이 떨어지는 무기였다.

겨우 몇 백 달러에 불과한 팔레스타인의 게릴라들이 사용하는 까삼 로켓을 막기 위해 한 발에 5만 달러나 하는 미사일을 발사해야 하기 때문이다.

비록 지금에야 그 가격이 싸졌다고 하지만 1만 달러가 줄어든 4만 달러였다.

이는 미국도 파견부대 방어를 위해 이스라엘에서 아이언 돔 포대를 수입하였기에 잘 알고 있었다.

물론 인명 피해를 입는 것 보단 비싸긴 하지만 미사일을 발사하여 팔레스타인 게릴라가 발사한 싸구려 로켓을 막아 내는 것이 훨씬 이득이라 할 수도 있지만, 그렇다고 가랑비에 옷이 젖는다고 하지 않는가? 만약 팔레스타인 게릴라들이 계속해서 로켓을 발사해 아이언 돔의 미사일을 계속해서 소비하게 만든다면 아무리 이스라엘이라고 해도 그 비용을 감당하긴 어려운 일이다.

그리고 아이언 돔 시스템은 이스라엘처럼 방어할 지역이 좁은 지역이라면 가능하지만, 한국처럼 휴전선의 길이가 248㎞나 되면 이를 방어하기 위해선 미국도 어려웠다.

그 때문에 한국은 독자적으로 한반도에 맞게 MD 체계를 연구하였고, 이를 완성해 배치를 하고 있었다.

이러한 정보를 수호에게 들은 존 슐츠 대령은 이 사실을 보고하지 않을 수 없었다.

"그게 사실이라면 정말로 놀라운 이야기군."

존 바이드 대통령은 존 슐츠 대령의 보고에 자신도 모르게 작게 중얼거렸다.

그런데 놀랄 일은 그게 전부가 아니었다.

"동서로 155마일이나 되는 지역을 커버하기 위해 한국은 이스라엘과는 다른 MD 체계를 개발했습니다."

"응?"

"그게 무슨 소리지? 이스라엘과는 다른 MD 체계라니?"

회의장에 있던 NSC 위원들은 다시 한번 의문이 가득한 눈으로 존 슐츠 대령을 쳐다보았다.

"북한이 비록 군사력 순위 100위권 밖이라 하지만 100만 이상의 정규군이 있고 자체적으로 총과 기관총은 물론이고, 전차나 탄도미사일까지 개발할 수 있는 기술력을 가진 나라입니다."

존 슐츠는 이스라엘이 상대하는 팔레스타인 게릴라들과 다르게 북한이란 나라를 NSC 위원들에게 상기시켰다.

자신들 미국이나 그 동맹국들에 비해선 비교할 수 없는 군사력을 가진 나라이긴 하지만 북한이란 나라가 결코 호락호락한 나라가 아님을 강조했다.

"냉전시절에나 북한이 소련과 중국에 지원을 받았지만, 현대에 와선 러시아나 중국도 더 이상 무상으로 북한을 도와주지 않고 있습니다. 그 때문에 북한은 살기 위해 탄도 미사일과 핵폭탄을 개발한 것입니다."

북한의 사정과 그 무기 개발에 대한 당위성을 언급하자 이를 들은 NSC 위원들의 표정이 굳어 갔다.

그도 그럴 것이, 이들은 북한의 탄도탄과 핵무기 개발에 치를 떨었다.

예전에는 겨우 한국을 상대로 위협을 하는 수준이었는데, 기술이 발달을 하고 탄도 미사일의 사거리가 자신들 본토에 달하자 이제는 한국을 제치고 미국을 상대로 벼랑 끝 외교를 하고 있었다.

"그런데 최근 중국의 움직임이 심상치 않습니다."

"응?"

"중국의 경제가 성장을 하면서 그들은 우리를 위협하고 있으며 그 위협은 우리 턱밑까지 도달했습니다."

존 슐츠는 북한의 이야기를 하다 말고 갑자기 중국의 위협을 언급했다.

"저희가 태평양으로의 진출을 막아서자 중국은 북한을 이용할 계획을 세운 것입니다."

"흠?"

"2019년 중국이 제안한 북한 분할 통치는 사실 이것을 염두에 두고 기획한 것이 아닌가? 하는 것이 제 판단이고 또 SH 그룹의 정수호 회장의 생각입니다."

이야기를 하면서 존 슐츠는 대한민국을 언급하기보단 SH 그룹의 정수호 회장을 이야기 중간중간 언급을 하였다.

그만큼 그가 미국의 입장에서 한국보다 더 중요한 존재임을 이들에게 인식을 시키기 위한 술책이었다.

그런데 이런 존 슐츠의 계략이 들어 먹혔는지 이를 듣고 있던 NSC 위원들 중 하나둘 씩 수호를 인식하기 시작했다.

"정말로 이 사람이 이 모든 것을 개발했다는 것인가?"

처음에는 관심도 보이지 않았기에 존 슐츠 대령이 나눠 준 서류를 보지도 않던 위원들은 그의 말에 빠져 그가 준 서류를 읽기 시작했다.

그러면서 보고서 안에 들어 있는 내용을 확인하고는 경악을 금치 못했다.

한 사람이 했다고는 도저히 믿을 수 없는 내용이 들어 있었기 때문이다.

존 슐츠가 처음 언급한 방탄 스프레이만 해도 그러한 물질을 개발하기 위해 들어가는 연구비와 인원, 그리고 시간이 얼마인가.

그런 것을 감안하면 보고서에 있는 물건 중 한두 가지만 개발했다고 해도 믿을까, 말까 한 성과다.

그런데 보고서에 있는 거의 대부분의 물건을 개발하는데 핵심적인 역할을 했다는 것에 놀라지 않을 수가 없었다.

"4.5세대 전투기를 개발하기 위해 항공기 제작사를 인수하고 인원을 확충하고 개발까지 불과 1년여밖에 걸리지 않았습니다. 그 말은 제작사를 인수하기 전부터 연구에 들어갔다고 보는 것이 맞을 겁니다."

자신이 쓴 보고서가 정확하다는 것을 강조하기 위해 존 슐츠는 공군이 도입 및 추진을 하고 있는 KFA—01을 언급했다.

"공군에서 그들이 개발한 KFA—01에 대한 보고를 받으셨을 것이라 생각합니다."

1년 전 시재기를 출고하던 날, 미 공군에서도 다른 나라들처럼 가벼운 마음으로 참관을 했었다.

하지만 작은 내기로 인해 벌어진 KFA—01의 비행시범을 본 뒤 도입을 적극 검토를 하였다.

날로 누적되는 5세대 스텔스 전투기들의 유지보수비로 인해 가동률이 너무도 떨어지는 전투기들을 대체하기 위해 4세대 이상 5세대 미만의 전투기 수급이 급하

울트라 코리아

던 미 공군의 입장에서 동맹국에서 개발된 4.5세대 전투기의 대두는 가뭄의 단비와도 같았다.

다만, 자국 내 전투기 제작사들의 불만을 어떻게 무마하는 것이 커다란 딜레마였지만, 그것은 의외로 쉽게 해결이 되었다.

빅윙의 경우 신형 훈련기 사업을 가져갔지만 아직까지 문제를 해결하지 못하고 있었고, 로키드사의 경우 기존 계약된 물량을 생산하는 것만으로도 힘에 부치고 있었다.

그러니 양대 전투기 제작사의 견제는 생각할 필요가 없었다.

그저 한국에서 만든 전투기가 공군이 원하는 성능을 낼 수 있는지만이 문제였을 뿐이다.

그런데 얼마 전 시험평가를 하던 공군이 성능에 만족을 하고 소요 제기를 하였다.

다만, 아직 의회의 승인이 남아 있을 뿐이다.

"SH항공은 최신 전투기를 개발하는 것만으로도 부족할 그 시기에 5세대 스텔스 전투기까지 동시에 개발을 했다고 합니다."

"어떻게……."

누군가 그게 가능한가? 라는 의문에 어떻게 그렇게 한 것인가? 라는 의문을 가득 담은 말을 하였다.

그에 존 슐츠 대령은 더욱 믿지 못할 이야기를 하였다.

"한 달 정도 뒤면 그 실물을 보실 수 있을 것이라 했습니다."

존 슐츠 대령이 수호를 만나기 위해 찾아갔을 때가 지금으로부터 20일 정도 전이었으니 앞으로 한 달 하고 10일 쯤 뒷면 SH항공에서 제작한 스텔스 전투기를 볼 수 있을 것이다.

수호에게서 그렇게 이야기를 들었기에 존 슐츠 대령은 이를 NSC에 이를 전해 주었다.

"그럼 그것의 가격은 얼마라고 하던가?"

국방부 장관인 토니 블라터가 질문을 하였다.

"5,500에서 7,000만 달러 정도로 예상하고 있습니다."

"그게 가능해?"

"그렇게 싼 스텔스 전투기라면 러시아에서 개발한다던 단발 스텔스 전투기와 비슷한 것 아닌가?"

SH항공에서 개발하는 스텔스 전투기의 가격을 들은 NSC 위원 중 한 명이 러시아에서 무기 쇼에서 발표한 단발 엔진의 스텔스 전투기 Su—75 체크메이트를 언급했다.

당시 러시아는 스텔스 전투기의 가격이라고는 말도

되지 않는 3,000만 달러의 가격을 언급했지만, 솔직히 그 가격은 일반 4세대 전투기 가격에도 미치지 못하는 가격이었기에 전투기에 대해 알고 있는 관계자라면 그 말을 믿지 않았다.

오히려 Su—75 체크메이트에 대한 신뢰성만 실추하는 계기가 되었다.

그리고 시간이 흐르면서 관계자들의 생각은 맞아 들어가 Su—75 체크메이트의 대당 가격은 7,000만 달러를 넘어가 8,000만 달러까지 치솟았다.

이는 아직 개발이 덜되어 예상하는 가격이지 아마도 가격은 좀 더 오를 전망이다.

그런데 SH항공에서 개발급의 스텔스 전투기의 가격이 보다 저렴한 7,000만 달러 미만이라고 하니 국방부 장관으로서 관심을 보이는 것이다.

현재 미 공군의 경우 운용 유지비가 높아져 그 가동률이 떨어져 외국에 파견된 부대들에 대한 항공지원에 공백이 생긴 상태다.

이를 메우기 위해 4.5세대 전투기를 도입하려는 것인데, 그것을 개발한 회사에서 스텔스 전투기를 개발했다고 하니 관심이 없을 수 없었다.

더욱이 그 스텔스 전투기가 자신들이 보유하고 있는 F—35보다 더 저렴하지 않은가?

분명 스텔스 전투기의 경우 운용 유지비가 일반 전투기에 비해 높다는 것을 알면서도 그것을 생산한다는 것을 유지비를 줄일 수 있는 방법이 있다는 것이기에 군전력을 책임지는 국방부 장관으로서 당연한 관심이었다.

"스텔스 성능은 어떻다고 하던가?"

NSC 회의는 점점 다른 방향으로 흘러갔다.

미국의 국가 전략의 방향성에 대한 회의에서 공군력 증강을 위해 SH항공에서 개발한 전투기 구매에 관한 논의로 넘어간 것이다.

이건 처음 이야기를 꺼낸 존 슐츠 대령도 의도하지 않은 방향이었다.

그가 SH항공에 대해 언급하고 스텔스 전투기 제작에 대한 이야기를 한 것은 전적으로 현재 미국이 진행하고 있는 대중국 압박 카드로 한국과 손을 잡아야 한다는 것을 강조하기 위해 한국과 SH 그룹을 언급한 것이다.

그런데 NSC 회의의 방향이 운용 유지비 때문에 전력 공백을 겪고 있는 공군력 증강쪽으로 진행되고 있다.

파워 슈트에 대한 이야기는 아직 꺼내지도 않았는데 말이다.

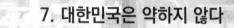

7. 대한민국은 약하지 않다

위잉! 위잉!

청와대를 경호하는 경비단과 군 경호 부대에 느닷없이 비상 사이렌이 울렸다.

"이 새끼들아, 뛰어!"

막 취침에 들어간 경비단과 경호 부대원들은 갑자기 들이닥친 상관에 의해 급하게 자리에서 일어나 근무복으로 환복했다.

그러고는 무장을 한 채 자신이 맡은 임무지로 뛰어갔다.

"시팔! 이게 무슨 일이야!"

아직 잠이 덜 깬 상태에서 비상이 걸린 것이기 때문에 그들은 뭐 빠지게 뛰어다녔다.

"실제 상황이다! 훈련이 아닌 실제 상황이란 말이다. 이 새끼들아!"

입에 걸레를 문 것인지 그들의 상관들은 거친 욕설을 섞어 가며 훈련이 아닌 실제 상황임을 거듭 언급했다.

"설마 김장운이 미쳐서 남침이라도 한 거야, 뭐야?"

상관의 욕설을 들으면서 뛰어다니던 병사 한 명이 자리에 멈추고는 작게 중얼거렸다.

실탄을 받자 훈련이 아니라는 상관의 말이 이제야 귀에 들어온 것이다.

한편, 청와대 경비단과 군 경호 부대에 비상이 걸려 주변을 밝히고 있을 때, 이들을 내려다보는 시선들이 있었다.

달빛도 반사되지 않을 정도로 무광의 칙칙한 침투복을 입고 있는 일단의 인형들이 그들을 지켜보는 중이었다.

"2팀은 북악산을 통해서, 1팀은 나와 함께 청와대 정문으로 간다."

그들은 양동작전을 이용하여 주력 침투조와 시선을 끌 조로 나누어 공격할 준비를 하고 있었다.

"팀장님, 굳이 주종을 나눌 필요가 있겠습니까?"

자신들의 전력을 잘 알고 있는 2팀 팀장인 유재욱이 1팀 팀장인 김국진을 보며 물었다.

사실 지금 상황은 SH시큐리티의 경호팀이 청와대 경호 부대들을 상대로 무력시위를 하는 중인 것이다.

하지만 청와대 경호 부대는 이러한 사실을 알지 못하고 위에서 내려온 명령대로 실제 상황이라 알고 있을 뿐이었다.

"지금 상황은 훈련이 아니다."

김국진은 자신들의 회장인 수호로부터 명령을 받았다.

SH시큐리티의 역량을 모두 동원해 청와대에 침투하라는 것이었다.

다만, 상대는 실탄을 가지고 청와대에 접근하는 모든 것을 막기 위해 모든 노력을 할 것이란 사실 또한 알려주었다.

그런데 자신들의 임무는 청와대를 침투하는 건뿐만 아니라, 청와대 주변 일반인들이 이러한 사실을 알지 못하게 하라는 것 또한 있었다.

즉, 청와대 경호 부대에게 자신들의 모습을 들키지 않고 침투하라는 것이나 매한가지였다.

그 때문에 지금 김국진의 머릿속은 무척이나 복잡했다.

자신들이 아무리 최첨단 장비인 파워 슈트를 착용하고 있다고는 하지만, 청와대를 경호하는 부대는 단순한 군인이나 경찰들이 아니었다.

거의 특수부대에 준하는 훈련을 통과한 정예 중의 정예들이었다.

특히나 대통령이 기거하는 청와대를 지키는 부대다 보니 그들이 사용하는 장비들 또한 최고급으로 무척이나 우수한 것들이었다.

그런 이들에게 들키지 않고 청와대에 침투하는 것은 거의 불가능에 가깝다고 할 수 있었다.

"무엇을 걱정하십니까? 이참에 카멜레온 스킨을 테스트해 볼 절호의 기회가 아니겠습니까?"

유재욱 부장은 이번 작전의 제1팀장이자 SH시큐리티의 사장인 김국진을 상대로 가벼운 농담을 던졌다.

이전 작전에 투입된 SH시큐리티의 경호원들은 최고급 파워 슈트를 지급받았다.

하지만 오늘은 거기에 더해 방탄 아머는 물론이고, 표면에 주변 환경에 맞춰 카멜레온처럼 위장할 수 있는 특수한 인공 피부를 걸치고 있었다.

때문에 현재 청와대와 가까운 곳에 위치하고 있었지만, 경비대는 이들을 눈치채지 못하였다.

"참, 회장님은 정말 영화 속 천재 슈퍼히어로로 같지 말입니다."

"맞습니다. 비록 비행 능력은 없지만, 이렇게 주변 환경과 동화될 수 있는 카멜레온 스킨이라면 100명이 주변을 경계하더라도 충분히 들키지 않고 침투할 수 있을 것 같습니다."

김국진과 유재욱 부장의 대화에 장재원이 끼어들어 자신의 소감을 이야기하였다.

아닌 게 아니라 이 정도 어둠이라면 충분히 장재원의 말처럼 들키지 않고 청와대에 침투할 수 있을 것 같았다.

아니, 그 이상의 경비가 삼엄한 어떤 곳이라도 침투가 가능하다고 느꼈다.

"그만. 자신감을 가지는 것도 좋지만, 우리의 임무는 아무도 모르게 침투하는 것이다. 그러니……."

김국진은 자신감을 내비치는 부하들을 보며 엄중히 이야기하였다.

"지금까지 많은 실전을 경험했다. 하지만 이번 작전은 그 어떤 작전보다도 중요한 일이다."

국진은 오늘 작전이 어떤 의미가 있는지 회장인 수호에게서 모두 들었다.

그리고 모든 이야기를 들었을 때, 김국진의 심장은 그 어느 때 보다 빠르게 뛰었다.

자신이 국정원에 처음 입사했을 때 다짐한 그 초심을 다시금 생각나게 하는 이야기였다.

[이번 작전은 우리 대한민국이 세계만방에 그 이름을 떨치는 R.O.K(Republic of Korea)가 되기 위한 첫걸음입니다. 그러니……]

출발 전 회장인 수호로부터 들은 당부였다.

제아무리 우리가 아무리 외국인들에게 우리나라는 Republic of Korea라 떠들어 대도 그들은 우리나라를 South Korea(남한)이라 볼 뿐이었다.

작은 땅덩어리를 남북으로 갈라, 북쪽과 남쪽으로 분단된 나라.

그곳이 바로 외국인들이 인식하는 대한민국인 것이다.

그러니 지금이라도 그러한 인식을 바꿔 줘야 할 필요가 있었다.

그리고 그 첫걸음은 청와대가 우리 대한민국의 힘을 정확히 알게 만들어 주는 일이다.

대한민국 국민은 오래전 일제강점기를 거쳐, 자신의 손이 아닌 외국 군대의 힘에 의해 광복을 맞이했다.

또한 남북으로 갈려 미국과 소련에 의해 신탁통치를 받기도 했으며, 곧바로 동족상잔의 비극적인 전쟁을 치르기도 했다.

그러다 보니 대한민국의 국민들은 자존감이 줄어들었다.

한때는 대륙을 호령하던 때도 있지만, 그런 기상과 의기는 사라져 갔다.

하지만 이젠 아니다.

대한민국은 자신감을 가져도 될 정도로 성장하였다.

세계경제 대국이던 일본도 이제는 넘어섰다.

군사력 또한 그 어떤 나라도 함부로 대할 수 없을 정도로 무섭게 성장하였다.

다만, 그것을 대한민국 국민만 모를 뿐이다.

그러니 알게 해 줘야 했다.

우리는 약하지 않다고 말이다.

*   *   *

저벅! 저벅!

어두운 골목에 발자국 소리가 울렸다.

"손들어! 움직이면 쏜다."

골목에서 정체를 알 수 없는 발자국 소리가 들리자 경비를 서고 있던 한석훈 일병이 소리가 들리는 쪽으로 총부리를 겨누며 소리쳤다.

"갈매기!"

"마도로스."

"라이트 3보 앞으로!"

아무리 답어가 맞다 한들 아직까지 정체를 알 수가 없기에 다음 순으로 넘어갔다.

그러자 골목에서 밝은 곳으로 나오는 인형의 모습이 눈에 들어왔다.

"중대장이다. 수고가 많다."

골목에서 나온 사람은 한석훈이 속한 제55경비단의 중대장 중 한 명인 조금섭 대위였다.

"이상은 없나?"

"예! 근무 중 이상 무!"

중대장의 모습을 확인한 김진국 병장은 얼른 경계를 풀고 대답하였다.

"그래. 피곤하더라도 졸지 말고, 계속 수고하도록."

"예, 알겠습니다."

김진국은 경비대대에 배속을 받은 동안, 단 한 번도 실탄을 지급받은 적이 없었다.

그런데 오늘, 느닷없이 비상 사이렌이 울리고 실탄까지 지급받아 경계초소로 나오자 긴장하지 않을 수 없었다.

솔직히 함께 근무를 서는 한석훈 일병이나 병장인 김

진국이나 이런 상황은 처음이기에 당황하고 있는 것은 마찬가지였다.

"중대장이 현 상황을 알아보는 중이니 너무 긴장하지 말고."

"예, 알겠습니다."

김진국은 그 어떤 질문도 하지 못하고 그저 알겠다는 대답만 하였다.

한편, 이들이 이렇게 대화를 나누고 있을 때, 이들과 얼마 떨어지지 않은 초소를 통해 김국진과 그의 팀원들은 담을 넘어 청와대로 침투하고 있었다.

그러지만 어느 누구도 이들이 경계를 넘는 것을 눈치채지 못하였다.

*   *   *

척! 척! 척!

청와대의 담을 넘은 SH시큐리티의 경호원들은 대통령 집무실이 있는 본관에 들어와 열을 맞춰 정렬을 하였다.

"헉!"

SH시큐리티의 경호원들이 자신의 앞에 서자, 정동영 대통령은 이를 지켜보며 경악을 금치 못했다.

밖엔 아무런 소란이 없는 걸로 보아, 그 누구에게도 들키지 않고 들어온 것이리라.

'대한민국 최정예만 모아둔 경호 부대의 감시망을 이리도 손쉽게 뚫어 내다니.'

느슨한 듯 보여도 청와대의 경계는 그 어느 나라에 못지않게 철저했다.

이는 몇 차례의 쿠데타로 정권이 전복이 된 전례가 있기 때문이었다.

"허허, 내가 저들을 믿고 두 발 펴고 안심했다니……."

너무도 무참히 뚫린 경계에 정동영 대통령은 할 말을 잃었다.

"저들이 못나서 경계에 실패했다고 하기보단 이들의 능력이 너무도 뛰어난 것입니다. 그러니 걱정하지 않으셔도 됩니다."

"아니, 아무리 그렇다고 해도 이건 너무한 것 같지 않나?"

수호의 위로에도 정동영 대통령의 기분이 나아지지는 않았다.

수호는 참으로 난감했다.

자신의 의도는 그것이 아니었지만, 받아들이는 사람이 그렇게 느끼지 못하는 것이다.

[마스터, 차라리 경호원들이 입고 있는 파워 슈트의 기능을 대통령에게 보여 주는 것이 어떻겠습니까?]

보다 못한 슬레인이 훈수를 두었다.

암만 설명한다고 해도 현실을 받아들이기 어려운 사람에게 그 어떤 말을 한다고 해도 먹히지 않는다.

그렇다면 차라리 그런 현상이 벌어진 이유에 대해 실물을 보여 주면 설득이 쉬울 것이다.

"대통령님, 잠시 이것을 봐 주시겠습니까?"

슬레인의 훈수에 수호도 느끼는 것이 있어 정동영 대통령을 불렀다.

"이게 무슨……."

한참 낙담하고 있던 정동영 대통령은 느닷없는 수호의 부름에 고개를 들어 그를 쳐다보았다.

하지만 말을 하다 말고 눈을 크게 떴다.

'아니?'

조금 전까지 오와 열을 맞춰 있던 이들이 한순간에 모습을 감추었다.

분명히 조금 전까지 두 눈으로 지켜보고 있었다.

하지만 그 어떤 소리도 없이 사라진 것이다.

"다들 어디 간 것인가?"

너무 놀란 정동영 대통령은 수호를 바라볼 뿐이었다.

"그들은 어디 간 것이 아닙니다. 그 자리에 그대로 서 있습니다."

"응? 그게…….."

수호의 말에 막 물어보려던 정동영 대통령의 눈앞으로 사라진 SH시큐리티 경호원들이 나타났다.

"대통령님께서 원하신다면 대한민국 특수부대원들은 이 장비로 무장할 것입니다."

그들은 불과 20명만으로 경계가 철저한 청와대의 경비를 뚫어 냈다.

그것을 가능하게 만들어 준 특수한 장비를 대한민국의 군인들에게 보급한다면, 그 전투력은 상상하지도 못할 정도로 막강해지리라.

"음… 미국에도 판매할 것이라 했지? 그들에게는 어느 정도나 수출할 생각인가?"

SH 그룹에서 개발한 파워 슈트의 위력을 알게 된 정동영 대통령은 순간 두려워졌다.

동맹인 미국에도 파워 슈트를 판매할 경우, 대한민국이 누려야 할 이점이 많이 사라질 것이다.

심지어 미국의 특수부대원들 모두에게 이와 같은 파워 슈트가 주어진다면, 미국이 전 세계를 지배하는 것도 가능할 것이라는 생각마저 들었다.

"미국에 판매하기는 하겠지만, 그 숫자는 딱 300개로 제한을 둘 것입니다."

"300개나 말인가?"

예상보단 적었지만, 그래도 부족하다는 생각이 들지는 않았다.

아니, 지금 앞에 서 있는 20명을 생각한다면 그것도 많았다.

"너무 걱정하지 않으셔도 됩니다."

"걱정하지 말라니? 그건 또 무슨 소린가?"

정동영 대통령은 지금 수호가 하는 말을 좀처럼 이해하기가 힘들었다.

"그들이 알고 있는 것은 지금 보시는 것이 아닌, 초기 버전의 시제품일 뿐입니다."

"초기 버전이라고? 시제품?"

"예. 사용 시간은 이것과 같지만, 기능은 소구경탄에 대한 방탄 기능과 세 배의 힘을 내게 만드는 것뿐입니다."

그렇게 이야기한 수호는 일본의 야쿠자들과 티베트, 신장 위구르 독립군에게 보급한 파워 슈트에 대해 알려주었다.

"아, 그런 것인가? 그렇다면 안심이 되는군."

아무리 동맹이라고 하지만, 그동안 미국이 보인 행보를 보면 절대적인 신뢰 관계를 쌓았다고 볼 수는 없었다.

미국은 전형적인 장사꾼과 같았기 때문이다.

그들은 자신들에게 유리하면 아무리 동맹이라도 철저히 외면하였다.

그렇다고 배신을 당한 나라나 단체가 미국에 항의할 수도 없었다.

미국보다 힘이 약하기 때문에 어떤 불이익을 받을지 몰랐기 때문이다.

소련에서 독립한 우크라이나, 터키에서 독립을 하려던 쿠르드족이 미국을 믿었다가 뒤통수를 맞은 대표적인 이들이었다.

그러니 수호는 동맹인 미국을 절대로 믿지 않았다.

필요에 의해 손을 잡는 것, 그리고 서로의 이해관계가 맞기에 동맹을 유지하는 것뿐이다.

그것이 수호가 생각하는 현대의 동맹 관계였다.

*　　　*　　　*

러시아 국가 안보부(MGB)의 대장인 알렉산드르 바실리에프는 급하게 대통령인 블라드미르 푸친에게 뛰어갔다.

"각하! 큰일 났습니다."

바실리에프는 얼굴이 붉어져 산소 공급이 필요한 것

처럼 보이는 상태인데도 불구하고, 자신이 접한 엄청난 정보를 숨도 고르지 못한 채 보고하고자 했다.

"무슨 일인데 그렇게 호들갑이야!"

한창 업무를 보고 있던 푸친은 자신의 심복인 바실리에프가 이렇게나 다급하게 안절부절해하는 모습에 하던 일을 멈추고 물어보았다.

"미국이 파워 슈트를 도입한다는 첩보가 들어왔습니다."

"파워 슈트? 그거 실패했다고 하지 않았나?"

현재 러시아의 대통령인 푸친도 예전 KGB(국가보안위원회) 출신이다 보니, 방금 전 바실리에프가 말한 파워 슈트에 대해서도 잘 알고 있었다.

미국이 천문학적인 예산을 투입하고도 실패를 한 무기 중 하나가 바로 파워 슈트였다.

그리고 알려지진 않았지만, 러시아 또한 미국이 연구하던 파워 슈트에 대한 정보를 입수하고 연구를 시도했다가 실패한 경험이 있었다.

당시 러시아의 경제 사정이 좋지 못함에도 불구하고, 푸친은 미국을 견제하기 위해선 보다 먼저 파워 슈트를 개발해야 한다는 판단 아래 무리한 정책을 펼쳤다.

"흠."

그런 과거가 있기에 푸친은 미국이 파워 슈트를 도입

한다는 소리를 쉬이 믿을 수 없었다.

"어떻게 된 것이지? 그 물건은 현대 과학으로는 아직 실현이 불가능하다 하지 않았나?"

파워 슈트의 실현은 아직까지 불가능하다는 과학자들의 보고에 푸친도 개발을 포기했다.

그리고 그동안의 연구를 돌려 미국처럼 엑소 스켈레톤 아머 연구로 그 방향을 바꿨다.

하지만 미국과는 그 궤를 달리했다.

미국은 장시간 행군해도 피로하지 않게 도와주는 동력 보조에 맞춰 연구했다.

하지만 러시아는 강력한 방탄 장갑을 덧대고, 소형화된 로켓 런처나, 12.7㎜ 기관총 등으로 무장한 중장갑 보병을 상정하고 개발하였다.

즉, 미국은 적당한 힘과 빠른 이동 속도, 그리고 장거리 주행을 목표로 삼았다.

그리고 러시아의 경우는 대규모 시가전을 상정하고 적의 피습으로부터 병사의 안전을 보장하고, 또한 강력한 화력을 투사할 수 있는 쪽으로 연구를 진행하였다.

이는 전적으로 두 나라가 전쟁을 바라보는 전략 전술이 상반되기에 나온 결과였다.

"분명 미국은 파워 슈트를 완성하지 못했습니다."

"그럼 어떻게 미국이 파워 슈트를 도입한다는 건가."

바실리에프는 쉽게 답하지 못했다.

미국의 CIA에 버금가는 MGB의 수장으로서 그들을 감시하고 있기에 그들 역시 슈트를 만들지 못한 것은 확실했다.

다만, 미국이 구매한 파워 슈트를 개발한 곳이 어딘지 알 수 없었다.

그도 그럴 것이, CIA도 파워 슈트로 짐작되는 물건을 목격했지만, 정확한 출처를 알지 못하고 있기 때문이다.

이는 CIA에 침투해 있는 스파이와 정보를 팔아먹는 상인들에게 교차 검증하여 나온 결과였다.

바실리에프는 이러한 사실을 얼른 푸친에게 얘기했다.

"제 말을 믿어 주십시오. 이 정보는 CIA에 있는 나타샤가 보낸 정보를 통해 알아낸 것입니다."

"그럼 빨리 그 제작자에 대해 조사하지 않고 뭘 하는 건가? 이대로 가만히 앉아 뒤처질 건가!"

푸친은 바실리에프의 변명을 듣고 현재 상황을 이해했다.

그럼에도 불구하고 미국이 파워 슈트를 도입한다는 사실에 무척 화가 났다.

정확하게는 자신의 안전이 더는 보장받지 못한다는

두려움에서 비롯된 스트레스가 화로 표출된 것이었다.

"그것의 출처를 빨리 알아 와!"

"알겠습니다. 사실 몇 곳 의심이 가는 곳이 있기는 합니다."

바실리에프는 푸친 대통령이 다시 목소리를 높이자 얼른 대답하였다.

사실 오래전부터 미국과 자신들이 연구한 것처럼 몇몇 나라들이 그와 비슷한 개념의 무기를 개발하려 시도했다.

물론 그들도 역시 실패한 뒤 연구를 중단했다.

분명 그 국가들 중 한 나라가 비밀리에 연구를 계속해 성공한 것이리라.

그렇게 러시아도 파워 슈트를 획득하기 위해 움직이기 시작했다.

*   *   *

슈슈슈슈!

다연장 로켓 발사 차량인 K136 구룡에서 서른여섯 개의 로켓이 불꽃을 내뿜으며 발사되었다.

지름이 겨우 120㎜에 불과해 현대전에는 그리 쓸모가 없어진 무기이지만, 위력이 약한 무기는 아니었다.

무기를 발사하는 구룡의 모습은 그 이름처럼 용맹하고, 또 적으로 하여금 공포를 느끼게 하기 충분했다.

하지만 구룡에서 사출된 로켓들은 15㎞ 떨어진 산기슭에 있는 표적에 명중하지 못했다.

어찌 된 일인지 날아가던 중간에서 폭발을 일으킨 것이다.

펑! 펑! 펑!

서른여섯 발의 로켓들은 단 한 발도 목표에 명중하지 못하고 중간에 폭발을 하고 말았다.

로켓이 불발탄이어서 그런가?

하지만 아무리 그렇다 하더라도 로켓이 전부 불발탄이라는 것은 있을 수 없는 일이었다.

아니, 만약에 그렇다 하더라도 불발탄이라면 폭발하지 않는 것이 대부분이어야만 했다.

저렇게 아무런 충격도 없는 허공에서 폭발한다는 것은 말도 되지 않는 이상한 현상이었다.

사실 이 모든 것은 장비적 결함에서 온 문제가 아니었다.

실제로 그런 모습을 많은 군 관계자들이 지켜보며 박수를 치고 있었다.

이는 군 관계자와 귀빈들을 모시고 어떤 무기의 위력을 시험하기 위해 열린 시연회이고, 결과적으로 1차 시범은 성공적으로 끝난 것이었다.

웅성! 웅성!

비록 시대에 뒤떨어져 치장 물자로 분류된 K136 구룡이라 해도 발사될 때의 위용은 엄청났다.

사실 구룡이 치장 물자로 분류가 된 것은 단지 위력과 사거리가 짧다는 것 때문이었다.

필리핀의 경우 한국에서 수입해 간 K136 구룡이 아직 현역으로 뛰며 이름을 높혔다.

반군 게릴라를 상대로 막강한 위력을 발휘했기 때문이다.

그런 구룡에서 발사된 로켓 서른여섯 발이 중간에 요격이 되는 모습은 이를 지켜보는 관계자들은 물론이고, 위력 시범에 참관한 귀빈들까지 놀라게 만들었다.

그도 그럴 것이, 로켓을 요격한 무기가 무엇인지 눈에 보이지 않았기 때문이다.

"어떻게 한 것인가?"

"무엇으로 저 많은 로켓들을 전부 요격한 것이지?"

귀빈들은 하나같이 놀라움을 감추지 못하고 주변에 있는 다른 사람들에게 질문을 던졌다.

하지만 그들이라고 해서 뭐라 답을 내릴 수 있지는 않았다.

"1차 요격 시범들은 잘 보셨습니까?"

마이크를 잡은 수호는 단상에 있는 귀빈들과 군 관계자들을 보며 물었다.

"정 회장님, 방금 그건 뭡니까?"

질문을 던진 이는 김중관 고문이었다.

사실 SH 그룹에서 K—MD 체계를 만들고 있다는 것은 그도 잘 알고 있었다.

그도 그럴 것이, 그가 군에 이야기하여 K—MD를 연구하게 만든 장본인이었기 때문이다.

또한 아레스의 심보성 사장으로부터 비슷한 이야기를 들었기에 수호가 만들고 있는 국지 방어기라든지, 탄도 미사일까지 방어가 가능한 스카이 넷 시스템에 대해 어느 정도 알고 있었다.

하지만 알고 있는 것과 이렇게 직접 눈으로 보는 것은 느낌이 매우 달랐다.

4세대 이상의 최신예 전투기를 개발한 것이나, 사거리 1,000㎞를 날아가는 초장거리 포를 개발하는 것과는 차원이 다른 것이 바로 미사일 방어 체계(MD)였다.

'저 정도로 강력한 고출력 레이저가 가능한 것인가?'

비록 김중관의 나이가 많다 한들 생각이 막힌 자는 아니었다.

실제로 그는 주변에 있는 다른 사람들과는 다르게 여떤 무기로 인해 로켓이 요격된 것인지 알 수 있었다.

다만, 그 정도 위력을 가진 레이저 무기가 개발이 되어 있을 것이라고는 예상하지 못하던 것뿐이다.

미국은 오래전부터 고출력 에너지 무기에 대해 연구를 해 왔다.

하지만 2019년도에 들어와서야 그나마 무기로 사용할 수 있는 58kW급 레이저 무기를 완성했다.

이에 고무된 미국은 2020년도에는 그보다 더 향상된 것을 만들고, 2025년 이후에는 100kW까지 출력을 끌어올릴 것이라는 계획을 발표하였다.

그런데 이 고출력 에너지 무기가 레이저 무기로서 위력을 낼 수 있는 거리는 불과 1㎞남짓이었다.

즉, 어떤 것이든 간에 1㎞ 내에 들어와야 요격을 시도할 수 있다는 소리였다.

멀다면 먼 거리일 수도 있지만, 이는 현대전의 양상을 생각해 본다면 매우 짧다고 할 수 있었다.

그런데 방금 전 K136 구룡에서 발사된 로켓들은 타깃이 있는 목표 지점 5㎞ 전방에서 폭발하였다.

물론 로켓마다 약간의 오차가 있기는 하지만 대부분 그 정도 지점에서 폭발한 것이다.

그 말은 방금 전 요격에 사용된 레이저의 출력이 미국이 개발한 레이저 무기보다 훨씬 높다는 것과 같았다.

울트라 코리아

아직까지 그런 레이저 무기가 개발되었다는 보고를 받은 적이 없기에 김중관이 놀란 것이다.

"그럼 저희 SH인더스트리에서 개발한 국지 방어기의 2차 요격 시험을 재개하겠습니다."

1차 요격 시범으로 일어난 소요가 어느 정도 진정될 때까지 잠시 뜸을 들이던 수호는 장내가 진정되자 다음 2차 요격 시범을 알렸다.

"이번에는 북한군의 장사정포와 방사포 공격에 대한 요격 시범을 선보이겠습니다."

수호의 설명에 장내에 있던 관계자들의 눈이 반짝였다.

먼저 본 비교적 요격이 쉬운 방사포 공격 시범만 해도 놀라운데, 그보다 크기가 작은 장사정포의 포탄 요격을 방사포와 같이 진행하겠다는 소리에 다들 놀란 것이다.

한 가지 무기만을 요격하는 것은 쉽다고 할 수 있었다.

이는 발사체의 탄도 곡선을 계산해 요격하기 때문이었다.

그런데 다양한 무기가 섞이면 탄도 곡선이나 속도가 각자 다르고, 또 거기에 크기까지 다르니 요격 난이도가 기하급수적으로 상승했다.

아니, 거의 불가능하다고 보는 것이 맞았다.

현재까지 그런 발사체를 막아 낼 수 있는 방어 무기로는 이스라엘의 아이언 돔 시스템이 유일했다.

다만, 아이언 돔은 비교적 속도가 느리고 또 국지적으로 좁은 지역에 발사되는 박격포와 까삼 로켓과 같이 속도가 느린 무기를 상대로 한 방어 체계다.

그에 비해 북한이 보유한 무기들을 상정해 이번 시범에 동원된 K136 구룡이나 K—55 자주포는 과하다 할 수 있는 무기들이었다.

하지만 수호의 생각은 달랐다.

오히려 그 정도 되는 무기들로 요격 시범을 보여야 한다고 생각한 것이다.

최악의 상황에서 정상 작동을 해야지 안심을 하고 앞으로의 계획을 펼칠 수 있기 때문이었다.

분단된 한반도를 통일하고, 또 잃은 고토를 회복하기 위해선 최악의 최악까지 생각해야만 한다.

그러니 지금 시범을 보이는 국지 방어기는 완벽한 성능을 보여 주어야만 했다.

펑! 펑! 펑!

슈슈슈슈!

그렇게 K136 구룡 네 대와 K—55 네 기가 약속한 대로 각각 로켓과 포탄을 발사하였다.

자주포 포탄의 숫자가 적은 이유는 동원된 K—55의 발사 속도가 느렸기 때문이다.

그럼에도 두 종류의 로켓과 포탄이 목표를 향해 사출되었으니, 이를 방어하기 위해선 고도의 연산과 빠른 처리 속도가 필요했다.

펑펑펑펑!

K136 구룡과 K—55 자주포에서 발사된 로켓과 포탄은 이번에도 공중에서 폭발을 일으켰다.

"와!"

참관인들은 처음 요격이 시작된 시점부터 크게 감탄성을 지르기 시작했다.

그도 그럴 것이, 연이어 날아가던 포탄과 로켓이 중간에 폭발을 일으키는 것이 눈에 들어왔기 때문이다.

가장 늦게 폭발한 발사체도 목표 지점 4㎞ 정도에서 요격되었다.

모든 로켓과 포탄이 요격된 것을 확인한 수호는 다시 단상에 앉아 있는 귀빈과 관계자들에게 미소를 지으며 이야기를 시작했다.

"어떻게 보셨습니까?"

그 목소리에는 자부심이 듬뿍 담겨 있었다.

짝! 짝! 짝! 짝!

짜자자작!

누군가 천천히 박수를 치자 급기야 단상에 있던 모든 사람들이 그 소리에 따라 박수를 쳤다.

그만큼 이들이 방금 본 시범은 엄청난 것이었다.

그동안 무기 시범이나 시연은 주로 공격 무기들이 대부분이었다.

공격 무기들의 화려한 화력 시범도 장관이지만, 이번 시범은 그 어떤 공격 무기보다 이들에게 더 큰 감동을 느끼게 만들었다.

"저희 SH인더스트리에서 제작한 국지 방어기 한 기면 북한의 1개 포병여단의 공격을 방어할 수 있습니다."

그러면서 수호는 국지 방어기에 고고도 방어 체계까지 결합된 스카이 넷 시스템을 소개했다.

사실 북한의 장사정포나 방사포 공격도 위험하지만, 대한민국에 가장 위협되는 것은 북한의 핵미사일 공격이다.

고고도에서 침투하는 탄도 미사일을 이용한 핵공격은 현재 개발된 방어 체계 중 완벽하게 막아 낼 수 있는 것이 없을 정도였다.

대한민국에 싸드(THAAD)사태를 일으킨 고고도 요격 미사일도 탄도미사일 공격에 대한 100% 요격을 장담하지 못했다.

핵무기란 것은 재래식 무기와 다르게 단 한 발이라도 막아 내지 못하면 끝이었다.

하지만 지금 수호는 핵미사일을 탑재한 탄도미사일을 모두 요격 가능한 시스템을 완성했다고 주장하고 있었다.

다만, 북한군이 보유한 탄도미사일에 준하는 무기가 아직 대한민국에 없기에 이를 시험할 수 없다는 것이 안타깝다고 이야기하였다.

"여건만 가능하다면 탄도미사일까지 요격 시험을 해 보고 싶지만, 우주에서 진입하는 탄도 미사일이 없으니 안타깝네요."

8. 흐름은 계획대로

비공개로 실시한 미사일 방어 체계 시범을 보고 온 정동영 대통령은 흥분을 주체할 수 없었다.

국가수반과 정부의 주요 인사들, 그리고 여야의 정당 대표들까지 초청하여 보여 준 시범이기에, 혹시나 있을 불의의 사고를 막기 위해 기자들도 부르지 않았다.

그런데 이 시범은 예상을 훨씬 능가하는 반향을 일으켰다.

대한민국은 세계 군사력 순위에서 최상위에 속하는 군사력을 보유하고 있다.

그렇지만 이상하게도 중국이나 일본의 도발에 약한

모습을 보여 왔다.

물론 중국이나 일본의 군사력이 대한민국보다 우위에 있는 것은 사실이다.

하지만 면밀히 따져 보면 그리 큰 차이도 아니었다.

아니, 오히려 그 군사력 평가가 정확한지도 의심스러울 지경이었다.

그럼에도 한국인들은 이상하리만치 일본과 중국의 반응에 신경을 곤두세우며 약한 모습을 보여 왔다.

그 저변에는 한때 대한민국이 일본의 식민 지배를 받은 것이나, 현재 중국의 크기나 보유한 무기들로 인한 자격지심이 깔려 있었다.

다량의 핵무기를 보유하고, 엄청난 숫자의 전투기와 군함을 보유한 중국.

그리고 중국만큼은 아니지만, 일본도 막강한 위력의 첨단 군사 무기를 보유하고 있었다.

실제로 일본은 대한민국의 두 배에 이르는 이지스 전투함과 1.5배에 달하는 전투기를 보유했다.

그리고 일본과 한국은 동해를 경계로 동맹 아닌 동맹 관계에 있으면서도 이전부터 많은 갈등을 겪어 온 나라다.

이렇다 보니 대한민국은 대륙이나 바다로 진출을 하려면 여간 신경이 쓰이는 게 한둘이 아니었다.

하지만 이제는 그런 눈치를 보지 않아도 되었다.

대한민국이 상대가 날리는 주먹을 막아 낼 두터운 방패와 강력한 카운터펀치를 가진 것을 알게 되었기 때문이다.

국지 방어 시스템, 그리고 고고도 방어 체계를 결합한, 일명 '하늘의 그물'이라는 스카이 넷 시스템은 국정을 운영하는 정동영이나 이하 정부 요인들에게 무한한 자신감을 가지게 만들었다.

그동안 정책을 입안할 때, 대한민국 정부는 주변의 눈치를 보지 않을 수가 없었다.

이는 모두 나라를 지키기 위한 힘이 약하다 스스로 생각하며 스스로 자승자박에 빠져 있었기 때문이다.

그런데 패를 뒤집어 보니 그게 아니었다.

비록 모두가 경계하는 핵무기는 없지만, 그러한 것을 두려워할 필요가 없는 엄청난 무기를 보유하고 있었다.

또한 세계 최강 미국도 개발에 실패한 파워 슈트를 가졌다.

하나하나 따져 보니 대한민국의 군사력은 알려진 것 이상으로 막강한 것이다.

이러한 사실을 알게 된 정동영 대통령은 더 이상 주변 나라의 눈치를 보지 않아도 된다는 사실에 고무되었다.

그동안 중국의 큰소리에 얼마나 마음을 졸였는가.

일본의 도발에 울분을 참은 적은 몇 번인가.

하지만 이젠 그러지 않아도 된다.

만약 그들이 도발한다면 한 방 먹여 주리라.

"대통령님, 마이클 캐릭 주한 미국 대사가 방문했습니다."

한동안 잠잠하던 주한 미국 대사가 방문했다는 보고에 정동영 대통령은 순순히 면담을 허락했다.

보통은 미리 연락을 주고 면담 요청을 한 뒤, 허락이 떨어지면 시간 약속을 잡고 면담하는 것이 외교적 순서다.

하지만 그동안 미국은 한국 정부에 이런 외교적 예의를 지키지 않았다.

이는 힘을 가지고 있음을 여실히 드러내는 것이고, 한국 역시 이런 미국의 태도에 이렇다 할 항의를 하지 못했기에 벌어진 사태다.

그렇지만 이제는 아니다.

오늘까진 이런 결례를 용인할 것이지만, 이후 이러한 일이 반복된다면 더 이상 참지 않을 것이다.

외교에서 힘이 있고 없고는 무척이나 중요한 일이었다.

힘이 없으면 손해를 봐야만 했다.

그러니 이제 굳이 약한 모습을 보여 손해를 감내할 필요가 없는 것이다.

게다가 정동영 대통령은 미국 대사가 무엇 때문에 자신을 찾아온 것인지 짐작할 수 있었다.

그 때문에 이번 기회에 많은 이득을 보기 위해서라도 강하게 나갈 생각이었다.

"들어오라고 하세요."

정동영 대통령은 이번에야말로 한 방 먹여 줄 기회라 생각해 뛰는 심장을 억누르고 마이클 캐릭 주한 미국 대사를 기다렸다.

비서실장이 나가고 잠시 뒤 그가 안으로 들어왔다.

"대통령님, 안녕하셨습니까?"

집무실 안으로 들어온 마이클 캐릭 주한 미국 대사는 살짝 고개를 숙이며 한국식으로 인사하였다.

다른 때 같았으면 그냥 입으로만 인사하고 손을 내밀 을 그인데, 오늘은 부탁할 것이 있어서 그런지 고개를 숙였다.

'호, 이것 봐라.'

자신의 집무실 안으로 들어온 대사의 행동에 정동영 대통령은 상황을 짐작할 수 있었다.

며칠 전 독대한 SH 그룹 회장은 미국이 절대적으로 필요한 것이 있기 때문에 그것을 얻기 위해 고개를 숙일 것이라 넌지시 말했다.

지금 보니 그의 이야기가 맞았다.

"어서 오십시오. 그런데 오늘은 무슨 일로?"

무엇 때문에 찾아 온 것인지 짐작은 갔다.

"하하, 저희와 한국은 혈맹 관계인데, 꼭 무슨 일이 있어야 찾아오겠습니까."

마이클 캐릭 대사는 웃는 얼굴로 능글맞게 질문을 넘겼다.

그런 마이클 캐릭 대상의 답변에 정동영 대통령도 가볍게 말을 받았다.

"그렇긴 하지만 대사의 위치나 제 위치에선 가볍게 움직이는 것도 조심해야 하지 않겠습니까?"

"그렇긴 하지요. 음……."

다른 때와 달리 뼈가 있는 말을 건넨 정동영 대통령으로 인해 마이클 캐릭 대사는 한순간 말문이 막혀 작게 침음성을 내뱉었다.

그러곤 어쩔 수 없다는 판단 아래 자신이 찾아온 용건에 대해 이야기를 풀었다.

"다름이 아니라 본국으로부터 훈령이 내려와 대통령님을 찾아왔습니다."

"훈령이 내려왔다고요?"

"예. 알고 보니 저희도 다년간 연구하던 물건을 한국

에서 개발했다고 하던데… 그게 사실입니까?”

“우리나라에요? 그게 무슨 말입니까?”

정동영 대통령은 일부러 그가 직접 찾아온 목적을 이야기하도록 유도를 했다.

“파워 슈트 말입니다. 특수부대용으로 개발했다고 하던데…….”

해당 사안에 대해 자세히 알지 못하는 마이클 캐릭은 백악관에서 내려온 공문만 보고 자신이 판단한 대로 얘기했다.

물론 어찌 보면 그 말이 맞지만, 정확히 말하자면 조금 다른 점이 있었다.

사실 생산 비용 때문에 일반 병사들에게까지 지급하지 못할 뿐, 특수부대만을 위해 제작된 것은 아니었다.

아직 대한민국의 경제력이 이를 뒷받침하지 못하여 조금 기다리기로 한 것이다.

아무리 수호가 이를 원가로 군에 납품한다 해도 50만 명이나 되는 군인 전부를 감당할 수는 없었다.

그렇다고 일부 병사들만 지급하기에도, 혹은 병사들을 제쳐두고 지휘관급에게만 지급을 하기에도 난감한 일이었다.

그렇기 때문에 일단 특수부대 중에서도 실전에 투입되는 부대 위주로 먼저 보급할 예정인 것이다.

"아! 파워 슈트요. 그게 어떻다는 것이지요?"

끝까지 모르는 척하는 정동영 대통령을 보며 마이클 캐릭 대사는 미간을 살짝 찌푸렸다가 이를 풀고 이야기를 꺼냈다.

"그것이 한국의 전략물자라는 것은 잘 알지만, 혈맹인 우리 미국에도 판매해 줄 것을 요청합니다."

파워 슈트는 그의 말 그대로 전략 자원이다.

함부로 외부에 알리거나 판매하는 것은 지양할 필요가 있었다.

실제로 미국도 전략물자에 한해서는 아무리 가까운 동맹이라 해도 판매하는데 제한을 두고 있다.

동맹이라도 상대적 우위를 점하고 있을 때만 무기를 판매하는 것이 미국이다.

그런 측면에서 보면 지금 미국이 대사를 보내 파워 슈트를 자신들에게 판매하라고 하는 것은 월권이고, 또한 외교적 결례가 맞았다.

그럼에도 지금까지 이런 미국의 태도에 대해 그 어떤 나라도 이의를 제기하지 못했다.

그만큼 미국이 가지고 있는 위상은 절대적이기 때문이다.

"음, 그보단 먼저 짚고 넘어가야 할 문제가 있는 것 같습니다."

정동영 대통령은 느닷없이 다른 이야기를 꺼내기 시작했다.

이에 마이클 캐릭 대사는 두 눈을 동그랗게 뜨며 정동영 대통령의 얼굴을 쳐다보았다.

그러거나 말거나 정동영 대통령은 이전 수호에게 들은 이야기를 꺼냈다.

"미국이 북한 지역을 두고 분할 통치를 하자는 중국의 제안에 고민을 하고 있다지요?"

'아니, 이건 또 무슨 소리야?'

느닷없는 이야기에 마이클 캐릭 대사는 뒤통수를 맞은 것처럼 놀랐다.

주한 미국 대사이다 보니 그 또한 한반도에 대한 정치 이슈를 자세히 알고 있었다.

그리고 정동영 대통령이 꺼낸 이야기에 대해서도 어느 정도 알고 있긴 했다.

이는 몇 년 전 워싱턴 정가에서 흘러나온 소문이었다.

그리고 마이클 캐릭 대사 역시 한때나마 그것을 고민해 보기도 했다.

하지만 이 시점에서 해당 이슈가 튀어나올 줄은 전혀 몰랐다.

"아, 아닙니다. 몇 년 전에 그런 소문이 워싱턴 정가에 떠돌기는 했습니다. 하지만 우리와 한국은 혈맹이지 않습니까? 더욱이……."

기습적인 질문에 다급해진 마이클 캐릭 대사는 이야기를 부정을 하고 현재 중국과 미국이 벌이고 있는 패권 경쟁을 언급했다.

"중국이 태평양으로 나오는 것을 적극적으로 막고 있는 저희가 어떻게 중국의 제안을 받아들이겠습니까?"

"역시 그렇지요. 북한, 아니, 한반도는 저희 대한민국 영토입니다. 그런 대한민국의 땅을 두고 제3국들이 분할 통치를 논의한다는 것은 언어도단이겠죠."

정동영 대사는 이야기하면서도 긴장해 땀을 흘리는 마이클 캐릭 대사를 보며 차갑게 결론지었다.

대한민국 영토는 어느 누구도 넘볼 수 없다고.

그러한 일은 조선시대에 벌어진 단 한 번으로도 충분하다고 말이다.

지금은 북한 괴뢰정부가 불법으로 강점하고 있는 북한 지역과 잃어버린 고토를 되찾기 위해 노력해야 할 때였다.

그러니 현재 비교 우위에 있을 때 미국의 협조를 받아 북한 지역과 만주, 그리고 산둥성 일대까지 얻기 위한 계획을 차근차근 일궈 나가야 했다.

그 첫걸음이 바로 미국과의 협상이다.

누가 뭐라고 해도 세계 최강국은 미국이다.

물론 그것은 현재의 군사력을 놓고 이야기하는 것이다.

그리고 이것을 미국이 눈치채면 안 된다.

그 전에 최대한 미국에 줄 것은 주고, 받을 것은 받아야만 한다.

미국은 현재 중동 지역에서 몇 십 년째 소모적인 전쟁을 이어 나가고 있다.

미국 내 중요한 산업 중 하나인 군수산업의 이익을 위해선 전쟁이 필요한 것이 사실이지만, 그렇다고 인명피해가 늘어나는 걸 좋아하지는 않았다.

하지만 호기롭게 시작한 전쟁은 미국인들이 생각지도 못한 방향으로 흘러갔다.

정규군과의 전투에서는 분명 미군이 승리하였다.

그렇지만 지역의 치안 안정을 위해 나서면서 상황이 바뀌었다.

이라크에 정부를 세우고 자원과 예산을 쏟아부었지만, 미국이 원하는 평화는 돌아오지 않았다.

시리아와 아프가니스탄 또한 마찬가지였다.

아니, 이곳들은 이라크보다 더 심각했다.

어떻게 된 일인지 시간이 지날수록 미국의 손을 들어주는 사람들보다 테러를 자행하는 반군이나 테러 조직에 가담을 하는 인원이 갈수록 늘어났다.

결국 이에 지친 미국 정부와 국민들은 기약 없는 전쟁에 군인들의 희생을 더 이상 용납하지 못하겠다는 성명을 발표하였다.

이에 이전의 대통령인 도람프는 국제 협약도 무시하고 미군 철수를 감행해 비난을 받았다.

그럼에도 미국 내에서는 잘한 일이라 찬사를 받기도 했다.

하지만 그렇다고 상황이 나아진 것은 아니었다.

중동에서의 영향력을 유지하기 위해 미국은 아직도 전쟁을 했다.

그 때문에 확실하게 결판을 짓기 위한 연구를 계속하는 한편, 미군의 피해를 줄이기 위해 파워 슈트를 확보하고자 하는 것이었다.

*   *   *

주한 미국 대사인 마이클 캐릭이 대사관을 나와 청와대로 들어가는 모습을 지켜본 수호는 입꼬리를 올려 미소를 지었다.

[대통령이 마스터의 뜻대로 움직여 줄까요?]

슬레인은 조심스럽게 질문을 건넸다.

"전전대 대통령이라면 그렇지 않았겠지. 하지만 현 대통령인 정동영은 아마 나와 비슷한 생각을 하고 있을 거야. 그러니……."

한마음 당이 집권할 당시의 대통령이라면, 아마 자신과 당의 이득을 계산을 하고 정책을 수립했을 것이다.

하지만 민족당 출신 현 대통령인 정동영은 그렇지 않았다.

원래부터 인권 변호사 출신인 정동영은 민족의식이 투철한 사람이었다.

그러니 개인의 영달이나 당의 이득보단 국가와 민족의 이익에 더 관심을 보여 온 것이다.

수호는 그것을 믿고 정동영 대통령에게 자신이 가지고 있는 패를 보여 주고, 자신의 계획을 일부 들려준 것이다.

그런 수호의 판단이 맞았는지, 몇 가지 시범을 보여 주자 대통령은 고무되어 자신과 뜻을 함께하였다.

"두고 봐. 대통령은 미국에 전시 작전권은 물론이고, 내가 들려준 대부분을 뜯어낼 것이니."

[알겠습니다. 그런데… 러시아는 어떻게 하시겠습니까?]

"러시아? 러시아는 왜?"

느닷없이 러시아를 언급한 슬레인에게 수호는 고개를 갸웃거리며 물었다.

[미국에 파워 슈트를 판매하신다고 결정했는데, 러시아를 생각하지 않고 계십니까?]

"아, 그러게. 한반도 문제에 러시아를 빼놓을 수는 없지."

슬레인의 이야기에 수호는 그제야 자신의 실책을 깨달았다.

[그렇지 않아도 미국이 파워 슈트에 대한 정보를 취득할 때, 러시아도 정보를 확보했습니다.]

"응? 그렇게나 빨리?"

[예. 랭글리에 러시아의 스파이가 침투해 있었습니다.]

슬레인은 CIA에 깊이 침투해 있는 고정 스파이에 대한 정보를 알고 있었다.

그런 슬레인의 이야기에 수호는 잠시 입을 닫고 조용히 생각에 잠겼다.

미국에 이어 세계 2위의 군사력을 가진 러시아도 파워 슈트의 존재를 알게 되었다면, 분명 그 출처를 찾기 위해 정보력을 총동원할 것이 분명했다.

그렇게 되면 머지않아 자신이 파워 슈트를 개발한 것을 알게 될 것이다.

수호는 그 이후 벌어질 일들에 대해 생각했다.

'숨기는 것이 좋을까? 아니면 러시아와도 협상하는 것이 더 이득일까?'

수호는 쉽게 결정을 내리지 못했다.

'미국에 판매하는데, 굳이 러시아라고 그러지 않을 이유가 있나?'

아무리 생각해 봐도 미국에 파워 슈트를 판매하는 순간, 나에 대한 정보가 퍼지는 것을 막을 수 없을 것 같았다.

게다가 미국도 눈치챌 만큼 파워 슈트는 중국과 일본에 들어가지 않았는가.

그러니 이 비밀이 세상에 알려지는 것은 오래 걸리진 않을 것이다.

또한 미국이 파워 슈트를 가지고 무슨 일을 벌일지 알 수가 없으니, 그 견제 차원에서라도 러시아에 판매하는 것이 좋을 것 같았다.

다만, 후일 미국이 따진다면, 변명하기 위해서라도 적은 수량을 판매하기로 결정을 내렸다.

'미국에 500벌 정도 판매한다고 하면, 러시아에는 그보다 적은 300벌 정도가 좋을 것 같군.'

솔직히 파워 슈트는 어떻게 운용을 하느냐에 따라 세계의 정세를 뒤바꿀 수도 있는 위력을 가진 무기였다.

더욱이 미국과 러시아에 판매하기로 한 파워 슈트의 경우, 7.62㎜ 총탄까지 방어가 가능했다.

즉, 웬만한 소화기로는 파워 슈트를 착용한 존재를

막을 수 없다는 이야기였다.

분명 미국이라면 이것을 자신들이 보유한 특수부대에 지급할 것이다.

그래야 최대의 효과를 볼 수 있기 때문이다.

그리고 그건 러시아 또한 마찬가지다.

미국이나 러시아는 국가 경영에 특수부대를 적극적으로 활용하는 나라다.

세계의 경찰을 자청하는 미국은 물론이고, 한때 그런 미국과 경쟁하던 러시아이기에 어찌 보면 당연한 일이었다.

비록 미국에 비해 적은 수량이라고 하지만, 러시아는 이를 효과적으로 이용할 것이다.

"좋아. 러시아에도 판매하기로 하지."

[잘 생각하셨습니다. 비록 미국이 동맹이라고 해도 그동안 한국을 대하는 것을 보면 그렇게 믿음직스럽다 볼 순 없습니다.]

슬레인은 성장을 위해 계속 웹서핑을 하면서 여러 가지 정보들을 학습하고 있다.

그리고 한미 동맹에 대해 한국인들이 생각하는 방향과 미국인들이 생각하는 방향에 차이가 있다는 것을 알게 되었다.

자신의 마스터가 대한민국을 어떻게 생각하는지 알기에 슬레인은 이에 맞춰 조언을 건네는 것이다.

자존을 위해선 무엇보다 힘이 있어야만 한다.

힘이 없으면서 자존심을 세우는 것은 존중받을 수 없으며, 그것은 암담한 미래를 맞이하는 지름길이나 다름없었다.

오래전 대만이 그러하였고, 이라크, 아프가니스탄 역시 같은 절차를 밟았다.

때문에 수호는 일단 대한민국의 힘을 키우기 위해 첨단 무기들을 개발하고, 한국 지형에 맞는 미사일 방어 체계를 완성했다.

"일단 러시아와 접촉을 해 봐."

[네, 알겠습니다.]

＊　　　　＊　　　　＊

MGB의 수장인 알렉산드르 바실리에프는 느닷없는 부하의 보고에 눈만 깜빡일 뿐이었다.

"의문의 존재로부터 암호화된 메일이 들어왔습니다."

"뭐? 아니, 어떻게 우리의 메일 주소를 알고?"

바실리에프의 상식으론 이해가 가지 않았다.

"그, 그게… 자세한 것은 나와 있지 않지만 양키가 독주하는 것을 두고 보지 못하는 친구라고 했습니다."

바실리에프는 다시 한번 기가 막혔다.

얼마나 자신감이 넘치기에 저런 식으로 메일의 제목을 짓는단 말인가.

"허… 일단 놔두고 나가 봐!"

그는 정체를 알 수 없는 존재가 러시아 국가 안보부를 상대로 장난을 치는 것 같아 기분이 좋지 못했다.

하지만 얼마 전 CIA에 침투해 있는 나타샤로부터 들은 정보가 마음에 걸려 일단 메일을 확인해 보았다.

"이렇게 하라는 건가."

이메일에는 친절하게 암호를 해독할 수 있는 패스워드가 첨부되어 있었다.

이메일을 보낸 존재가 중간에 사고가 나지 않을 자신감이 있다는 것을 알 수 있었다.

"굉장히 자만심이 넘치는 자로군."

바실리에프는 작게 중얼거리며 암호 메일을 풀기 위해 패스워드를 입력하였다.

드드득! 드드득!

암축된 암호 파일이 풀리자, 혹시 몰라 들여온 다른 컴퓨터가 요란한 소음을 내며 버벅거렸다.

"역시 바이러스인가."

바실리에프가 컴퓨터를 종료하려고 할 때, 갑자기 모니터에 다양한 기호가 나열되면서 빠르게 화면이 바뀌기 시작했다.

"헉, 이게 다 뭐지?"

정보 조직이라면 그들만이 사용하는 암호가 있다.

그중 가장 유명한 것이 제2차 세계대전 당시 독일군이 사용하던 에니그마이다.

수수께끼란 뜻을 가진 에니그마는 그 비밀이 알려지기 전까지 독일군의 승리에 큰 기여를 했다.

제2차 세계대전이 끝나고 전쟁에 승리한 연합군은 독일의 에니그마 암호 체계를 가져다 자신들만의 것을 만들었다.

지금에 이르러서는 슈퍼컴퓨터를 이용해도 알아내기 힘든 암호 체계가 만들어져 사용이 되고 있다.

하지만 그것들의 기초는 이 에니그마 암호 체계에서 크게 벗어나지 않고 있었다.

그런데 지금 바실리에프의 컴퓨터에서 풀리고 있는 암호 체계는 MGB에서 사용하는 것보다 몇 배는 더 복잡한 형태를 가지고 있었다.

이는 바실리에프를 매우 놀라게 만들었다.

그렇게 의문의 존재가 보낸 복잡한 암호 체계를 보며 감탄하던 바실리에프는 어느 순간 암호가 해석된 것을 깨달았다.

그는 자신도 모르게 텍스트를 조심스레 읽기 시작했다.

"미국은 중국의 일부 지역과 일본에 파워 슈트가 사용된 것을 포착하고, 이를 도입하기 위해 우리와 접촉하였다. 러시아도 파워 슈트에 관심이 있다면 이 주소로 연락을 주기 바란다."

암호를 해독한 시간에 비해 너무 간단한 내용이었다.

하지만 바실리에프는 경악을 금치 못했다.

이 자는 미국뿐만 아니라 자신들 역시 정보를 얻었다는 사실을 어느 정도 알고 있는 듯했다.

바실리에프는 자신도 모르게 섬뜩한 느낌이 들었다.

'모든 걸 다 알고 있군. 대체 누굴까?'

바실리에프는 암중에서 자신의 움직임을 모두 알고 있는 듯한 존재에 대해 공포와 궁금증이 함께 일었다.

'일단 관심이 있으면 연락하라고 했으니, 보고하고 각하의 의중을 알아본 뒤에 결정하자.'

메일의 내용을 숙지한 바실리에프는 일단 푸친 대통령에게 보고를 하는 것이 우선이라 생각했다.

때문에 연락을 하라는 말을 잠시 뒤로 미루고 대통령이 있는 크렘린으로 발걸음을 옮겼다.

＊   ＊   ＊

파워 슈트에 대해 알아보라고 한지 며칠 만에 찾아온

바실리에프를 보며 푸친 러시아 대통령은 입을 굳게 다물고 있었다.

"본인을 파워 슈트를 개발한 존재라 자칭하는 의문의 존재로부터 메일이 왔습니다. 그는……."

바실리에프는 그런 대통령에게 방금 있던 일에 대해 자세히 이야기했다.

모든 보고를 들은 푸친 대통령은 미간을 찌푸리면 물었다.

"MGB의 정보망이 그렇게 허술한 것인가?"

푸친 대통령은 감시망이 뚫린 것도 모자라, 서버에 이메일을 보낸 자의 정체까지 알아내지 못한 것에 대해 화가 났다.

의문의 존재의 능력은 미국의 프리즘까지 피해 자신에게 메일을 보낼 정도로 은밀했다.

그러니 바실리에프로써는 조금 억울한 감이 없지 않았다.

하지만 상대는 바로 러시아의 짜르인 푸친이었다.

편법이긴 하지만 벌써 몇 번이나 연임하고 있는 종신 대통령이라 할 수 있는 러시아의 절대자다.

그러니 푸친의 화가 풀리기 전까지 그는 조용히 받아줄 수밖에 없었다.

그렇게 한참 동안 짜증 내던 푸친은 어느 정도 감정

이 진정되자 바실리에프에게 다시 질문을 하였다.

"그래, 관심이 있으면 연락하라고 했다지?"

"예, 그렇습니다."

대답을 들은 푸친은 잠시 침음성을 내고는 깊이 생각에 빠졌다.

'무슨 뜻으로 그런 메일을 보낸 것일까?'

의문의 존재의 진위를 파악할 길이 없자, 푸친의 고민은 깊어만 갔다.

"어떻게 생각해?"

밑도 끝도 없는 질문이 아닐 수 없었다.

주어나 목적어도 없이 단순하게 어떻게 생각하냐고 물어보니 무슨 말을 해야 할지 갈피를 잡을 수 없었다.

그 때문에 바실리에프는 아무런 말도 없이 질문한 푸친을 쳐다볼 뿐이었다.

"저들의 뜻이 뭐인 것 같냐고."

"제 생각에 메일을 보낸 곳은 미국의 동맹 중 하나일 것 같습니다."

"그런 판단을 하는 근거는?"

"파워 슈트를 개발할 수 있는 역량을 가진 나라는 전 세계를 뒤져 봐도 몇 나라 되지 않습니다."

바실리에프는 하나씩 따져 가며 이야기를 시작했다.

그러곤 미국 몰래 은밀하게 자신들에게 암호 메일을

보낸 저의까지 이야기하면서 미국의 동맹일 수밖에 없다고 결론지었다.

"그렇게 따지면 남은 것은 한국뿐입니다."

"한국? 정말로 자넨 한국이 파워 슈트를 개발했다고 생각하나?"

"예. 99% 한국일 거라고 생각합니다."

그가 이런 판단을 하는 것은 한국에서 선보이고 있는 기술이나, 발표하는 첨단 무기들 때문이었다.

최근 한국은 어떤 나라의 도움도 없이 4세대 이상의 첨단 제트 전투기를 개발하거나, 미국도 전략 기술로 취급하는 스텔스 도료를 일개 기업에서 연구하여 세상에 선보였다.

이는 국가의 지원을 받아서 한 것도, 그렇다고 자본이 많은 거대 기업이 껴 있지도 않았다.

그저 작은 규모의 중소기업에서 개발한 것이다.

이는 스텔스 도료뿐만 아니라, AESA 레이더 또한 마찬가지였다.

미국은 F—35 전투기를 판매하기 위해 기술이전을 약속했다.

하지만 계약이 체결되자마자 안면 몰수하고 싹 입을 닫았다.

하지만 한국은 굴하지 않고 자체적으로 AESA 레이

더를 개발했다.

뿐만 아니라 기존의 것보다 한층 진보된 기술력으로 인해 성능이 매우 뛰어났다.

이것뿐만이 아니다.

미국도 이론상으로 존재한 초장거리 포를 개발했다.

이러한 것들을 종합해 보면 파워 슈트라고 만들지 못할 것은 없었다.

아니, 오히려 그런 이유로 파워 슈트를 개발했다고 판단하는 것이 합리적인 생각이었다.

이런 이야기를 모두 들은 푸친 대통령은 곧 판단을 내렸다.

"좋아. 그럼 연락해서 약속을 잡아."

사실 푸친은 굳이 한국이 아니더라도 이메일에 적힌 대로 미국의 독주를 두고 볼 수는 없었다.

이는 자신의 안위와도 직관된 일이었기 때문이다.

그러니 미국이 파워 슈트를 도입하게 된다면 자신들도 파워 슈트를 보유해야 안심할 수 있다고 판단했다.

"알겠습니다. 곧바로 약속을 잡겠습니다."

발실리에프는 자세를 바로 하며 대답하였다.

9. 파워 슈트를 두고 벌이는 협상

알렉산드르 바실리에프는 자신과는 연관이 없으리라 생각하던, 극동의 영토인 블라디보스토크에 왔다.

다른 지역에 비해 낙후된 극동의 영토다 보니 그리 중요하게 생각하지 않아, 신경을 쓰지 않고 있었다.

하지만 앞으로는 어떻게 바뀔지 알 수가 없었다.

그도 그럴 것이, 전에는 러시아에 유럽이 아주 중요한 지역이었지만, 앞으로는 북동 아시아가 핵심 요충지로 떠오르고 있기 때문이다.

러시아에서 아시아 국가는 떠오르는 수출국이 있는 나라였다.

기존 인도와 중국뿐만 아니라, 한국도 없어선 안 될 중요한 교역국이었다.

게다가 한국의 경우 경제적인 이유도 있지만, 이번에 협상할 물건을 생각해 보면 더욱 많은 관심을 주어야 할 것 같았다.

최근 한국은 최신예 전투기에서부터 각종 첨단 무기들을 개발하면서 미국과 자신들의 뒤를 바짝 쫓는 무기 수출국이 되었다.

그 때문에 중동의 큰손 중 일부를 한국에 빼앗긴 상태였다.

중동은 석유 수출로 인한 많은 자본을 가지고 있어서 러시아에 없어선 안 될 무기 수입국이었다.

그나마 다행인 점은 무기 거래를 하던 기존 국가들은 완전히 손을 떼진 않고 아직 자신들과 많은 거래를 하고 있다는 것이다.

다만, 너무도 비싼 미국제 무기 때문에 자신들에게 의뢰하던 나라들이 대거 한국산 무기에 눈을 돌리기 시작했다.

그런 이들이 하나둘 늘어나게 된다면, 결국에는 자신들의 무기를 구매하려는 이들이 줄어들 것은 빤했다.

생각해 보면 한국이란 나라는 정말로 이해하기 힘든 나라였다.

어떻게 아프리카 최빈국과 비슷하던 나라가 불과 반 세기 만에 유럽의 경제 대국들을 제칠 정도로 발전한단 말인가.

또한, 무기와 식량을 원조받던 나라에서 원조하는 나라로 변한 유일한 국가였다.

그리고 자신도 미국을 견제한다는 정신 승리를 하며, 실상 구걸을 하러 가는 중이다.

이런 생각을 하자 바실리에프는 순간 자괴감이 들었다.

한때는 미국과 함께 전 세계를 호령하던 소련의 군인이었다.

그러다 무리한 경쟁을 통해 붕괴된 경제로 인해 나락으로 떨어졌다.

하지만 썩어도 준치라고 소비에트 연방은 무너졌지만, 이를 계승한 러시아가 자리 잡았다.

예전만 못하지만, 그래도 러시아는 세계 최대의 국토 면적을 자랑하는 국가이다.

또한 세계에서 가장 많은 자원을 보유한 나라다.

무너진 경제도 어느 정도 되살아났으며, 국방력 또한 예전의 영광을 되찾았다.

하지만 러시아가 그러는 동안 수많은 나라가 조국의 턱밑까지 따라왔다.

한때 도움을 받기만 하던 중국이 이미 자신들은 넘어섰고, 미국과 어깨를 나란히 한다며 건방을 떨고 있다.

물론 현재 중국이 한 해 벌어들이는 달러를 생각하면 그런 생각을 할 수도 있다고 생각한다.

하지만 그건 모래 위에 세워진 성에 지나지 않는다.

자신들은 이미 그 시절을 겪어 보아서 너무도 잘 알고 있었다.

그렇지만 중국은 아직까지도 이러한 사실을 알지 못했다.

그저 자신들의 발전에 눈이 멀어 그것이 미국이 파놓은 함정인 줄도 모르고 당하고 있는 중이었다.

아니, 어쩌면 함정이라는 것을 알면서도 체면 때문에 이를 무시하고 있는 지도 모른다.

"부장 동지, 손님이 왔습니다."

모스크바에서부터 함께 온 부관인 이안 표도르비치가 와서 바실리에프의 상념을 깨웠다.

"알겠네. 먼저 가서 좀 기다리라고 해."

"네, 알겠습니다. 그렇게 전하겠습니다."

이안 표도르비치는 상관의 명령에 얼른 대답하고 밖으로 나갔다.

바실리에프는 그런 부관의 뒷모습을 잠시 지켜보다 자리에서 일어나 거울 앞으로 걸어갔다.

앞으로 있을 협상은 그 무엇보다 중요한 일이기에 조심스럽게 옷매무새를 가다듬었다.

*　　　*　　　*

[러시아에서 협상 대표로 MGB의 수장인 알렉산드르 바실리에프가 나왔습니다.]

슬레인은 러시아 측 협상 대표로 누가 나온 건지 수호에게 알렸다.

'알렉산드르 바실리에프라면 푸친의 오른팔이라는 그를 말하는 것인가?'

[맞습니다.]

'오호, 러시아에서 이번 협상이 중요하다는 것을 알고 있나 보군.'

수호는 협상이 쉽게 끝날 수도 있다고 생각해 기분이 좋아졌다.

MGB의 대장인 알렉산드르 바실리에프의 존재를 알고 있는 사람은 사실 그리 많지 않다.

그만큼 러시아의 정보를 책임지고 있는 사람이다 보니 대통령인 푸친보다 보안이 더 철저했다.

러시아의 적들은 러시아에 혼란을 가져오려면, 푸친을 암살하는 것보단 MGB의 수장을 암살하는 것이 더 효과가 좋다고 할 정도로 아주 중요한 위치에 있는 이가 바로 알렉산드르 바실리에프였다.

이는 그가 러시아의 절대자인 푸틴의 손과 발이며, 눈과 귀이기 때문이었다.

게다가 미국의 CIA만큼이나 방대한 정보 조직인 MGB를 책임지는 위치이다 보니 푸틴의 신뢰 또한 대단했다.

그런데 그런 중요한 자리에 있는 자가 위험도 무릅쓰고 자신과 만나기 위해 모스크바에서 이곳 블라디보스토크까지 온 것이다.

블라디보스토크가 러시아의 영토라 해도 감시가 그리 철저한 지역은 아니다 보니, 이곳에 활동하는 스파이들은 정확한 통계를 집계할 수 없을 정도로 많았다.

그중에는 러시아와 같은 공산국가인 중국의 스파이도, 적대국인 미국의 스파이도 있다.

그리고 한국과 일본의 정보 조직에서 파견한 사람도 있을 것이고, 러시아의 오랜 원수지간인 영국의 스파이도 활동을 하고 있을 것이다.

그런 이들에겐 가장 무력화시키고 싶은 타깃 중 하나가 바로 바실리에프였다.

국가 안보부를 운영하며 온갖 정보들을 수집하는 만큼 스파이들에게 있어서는 사신과도 같은 존재이기 때문이었다.

그런데 그가 직접 협상을 하기 위해 자신의 본거지에서 몇천 킬로미터나 떨어진 이곳에 온 것이다.

수호는 그가 많은 결정권을 가지고 왔을 것이라 짐작할 수 있었다.

그렇기에 이를 기뻐한 것이다.

이런 협상은 오래 끌어 봐야 남의 시선만 끌게 되어 러시아나 한국을 대신해 온 수호의 입장에선 좋지 못한 상황이 될 수도 있었다.

저벅!

문밖 복도에 묵직한 발걸음 소리가 들렸다.

물론 그것은 귀가 밝은 수호나 되기에 들을 수 있는 것이지, 보통 사람은 이를 감지할 수 없었다.

'오는군.'

삐걱!

수호의 예상대로 복도에서 들리던 발걸음 소리가 멈추더니, 문이 열리면서 기름칠을 하지 않은 경첩에서 소음이 들려왔다.

"рад вас видеть(만나서 반갑습니다)"

"рад вас видеть"

실내로 들어온 바실리에프가 수호를 보고 손을 내밀며 인사를 하자, 수호도 호응하며 러시아 말로 인사해 주었다.

"우리말을 잘하는군."

바실리에프는 너무도 유창한 수호의 러시아어에 놀라 눈을 동그랗게 뜨며 칭찬하였다.

"협상하기 위해 오려면 이 정도는 해야 하지 않겠습니까?"

말은 가볍게 했지만, 솔직히 그 나라 언어로 협상을 하기 위해서 원어민 수준으로 외국어를 배우는 것은 쉬운 일이 아니다.

하지만 푸르그슈탈에게 유전자 시술을 받기 전부터 수호의 언어 능력은 뛰어난 편이었다.

그렇기에 특수부대에 있으면서 해외파병을 나갈 수 있었고, 또 그곳에서 그 누구보다 뛰어난 활약을 펼칠 수 있던 것이다.

그리고 외계인인 푸르그슈탈에게서 유전자 시술로 인해 인간의 한계를 뛰어넘게 되었다.

수호의 이러한 능력은 더욱 발전하여 지구에 있는 거의 모든 언어를 할 수 있게 되었다.

만약 시간의 여유만 된다면 이 세상 모든 언어를 구사할 수도 있을 것이다.

아무튼 수호는 그러한 자신의 능력을 한껏 발휘하여 바실리에프에게 호감을 살 수 있었다.

"솔직히 말하면 우리 러시아도 파워 슈트가 필요한 것은 맞다. 하지만 현재 우리가 처한 상황 때문에 비싼 가격에 그것을 구매할 수는 없다."

바실리에프는 협상에 들어가기 전 러시아의 사정을 수호에게 알려 주었다.

이것은 어떻게 보면 협상을 하는데 무척이나 불리하게 작용할 수도 있는 일이었다.

하지만 바실리에프가 느끼기에 눈앞에 있는 존재는 자신이 거짓을 이야기한다고 해서 속일 수 있는 사람이 아니었다.

이는 다년간 사람을 관리하고 또 정보 조직에 몸담고 있다 보니 쌓인 경험에서 일어난 직감이었다.

더욱이 그의 감각엔 눈앞에 있는 존재가 결코 평범한 자가 아니라고 경고하고 있었다.

겉으로 보기에는 겨우 20대 초중반의 모습을 하고 있지만, 이런 국가적 협상 자리에 나올 정도면 뭔가 자신이 모르는 비밀이 있을 것이란 것을 직감했다.

"왜 협상에 불리할 수도 있는 내용을 저에게 알려 주시는 것입니까?"

수호는 느닷없이 러시아의 경제 사정을 이야기하는 바실리에프를 보며 단도직입적으로 물었다.

그런 수호의 질문에 이번에도 바실리에프는 아무런

속임 없이 이야기하였다.

"굳이 그런 것을 속인다고 우리의 사정이 나아지는 것도 아니고, 또 그래 봐야 협상만 어려워질 뿐이지 않습니까?"

이미 수호에게서 느껴지는 분위기에 압도가 된 바실리에프다 보니 저도 모르게 말투가 바뀌었다.

나라의 대표로 나와 협상하는 상대에 대한 예의 차원에서 이제는 존중으로 말이다.

"좋습니다. 어차피 알렉산드르 바실리에프 대장님이나, 저도 이곳에 오래 있어 봐야 다른 나라에서 파견한 스파이들의 눈에 띨 확률만 높아질 뿐이니까요. 빠르게 원하는 것을 얻고 협상을 마무리하는 것이 좋겠지요."

바실리에프의 이야기를 들은 수호도 그 말에 동의하며 얼른 협상을 마무리하기를 원했다.

"우선 우리가 러시아에 판매할 수 있는 파워 슈트의 수량은 최대 300벌입니다."

"300벌이요?"

바실리에프는 수호의 말이 끝나기 무섭게 작게 파워 슈트의 수량을 되뇌어 보았다.

300벌의 파워 슈트는 많다면 많을 수도 있고, 또 적다고 한다면 적은 수량일 수 있었다.

하지만 어떤 근거에서 그 정도 숫자가 나왔는지 궁금

해졌다.

"그 이상은 안 되는 것입니까?"

"예. 우리의 최우방국인 미국도 최대 500벌이 전부입니다."

수호는 미국과 러시아 그리고 한국의 관계를 예로 들며 그의 질문에 답했다.

그런 수호의 설명에 바실리에프는 작게 미간을 찌푸리며 고민하였다.

그도 그럴 것이, 미국과 자신들에게 판매하는 파워 슈트의 차이는 무려 200벌이나 되었다.

별거 아닌 듯 보이지만, 어떻게 보면 심각한 차이가 아닐 수 없었다.

"200벌이나 차이 나는 것은 너무 일방적인 처사입니다. 그러니……."

바실리에프는 파워 슈트의 구매 수량을 좀 더 늘리기 위해 이야기를 꺼냈다.

"잠시……."

하지만 그의 말은 수호에 의해 중단되었다.

"무슨 생각에 그런 이야기를 하는지 잘 압니다. 하지만 어쩔 수 없습니다. 이는 러시아의 경제 사정까지 감안한 저희의 판단입니다. 다만……."

수호는 이야기하다 말고 마치 그에게만 은밀한 비밀

을 이야기해 준다는 듯 낮은 목소리로 바꿨다.

"미국은 세계 여러 곳에서 전쟁을 치르고 있습니다. 그들은 자신들이 세계의 경찰이라고……."

수호는 미국이 현재 전 세계에 벌이고 있는 일을 언급했다.

그러곤 미국은 분쟁을 해결하기 위해 많은 수의 파워 슈트를 분쟁 지역에 투입할 것이니 러시아의 입장에선 크게 걱정할 필요가 없다는 것을 설명했다.

또한 미국에 비해 파워 슈트의 수량이 적어도 그것을 효과적으로 활용하는 방향에 대해 어드바이스를 해 주었다.

그러게 되자 바실리에프도 어느 정도 설득되기에 이르렀다.

"그렇게만 한다면 충분히 그 정도 수량으로도 모스크바를 지킬 수 있을 겁니다. 그리고 만약 미국이 러시아를 넘보는 사태가 벌어진다면 저희가 나서서 중재하겠습니다."

"그게 정말입니까? 한국은 미국과 동맹이지 않습니까?"

자신들을 도와주겠다는 수호의 말에 놀란 바실리에프는 수호에게 되물었다.

그런 바실리에프의 질문을 받은 수호는 자신 있게 대

답하였다.

"비록 미국이 우리 대한민국과 동맹이기는 하지만, 미국과 러시아의 전쟁에 찬성을 던지지는 않을 겁니다. 그 끝이 빤히 보이지 않습니까? 아무리 파워 슈트의 숫자가 많다고 해도 핵 앞에서는 모든 무기가 무용지물입니다."

수호는 자신에게 이미 핵무기를 무력화할 수 있는 방어 무기가 있음에도 이것을 알리지 않고 핵무기의 위력만 언급하였다.

그렇게 수호가 상호확증파괴를 언급하자, 바실리에프는 고개를 끄덕였다.

자신을 협상장에 나오게 한 파워 슈트는 사용하기에 따라 전략무기가 될 수도 있기는 하지만, 그러한 무기 중에서도 등급이란 것이 있었다.

그리고 핵폭탄에 비한다면 파워 슈트는 저 밑에 까마득한 곳에 있는 정도다.

다만, 다른 전략무기 중에서 파워 슈트는 비교적 자유롭게 사용할 수 있다는 장점이 있었다.

이러한 사실을 잘 알기에 바실리에프는 저도 모르게 미소를 지어 보았다.

[좋아하네요. 우리에게는 핵폭탄을 탑재한 탄도미사일을 요격할 방어 무기 체계를 완성했는데 말이죠.]

자부심 가득한 표정으로 미소를 짓고 있는 바실리에프의 모습을 본 슬레인은 텔레파시로 수호에게 말을 걸었다.

'그런 것은 이들이나 미국이 알아서 좋을 것은 없는 것이니, 최대한 숨길 수 있으면 숨기는 것이 좋아.'

[그렇긴 하죠]

수호의 말에 슬레인도 동의하였다.

*　　　*　　　*

밀라 모리스 국무 장관은 방금 자신이 들은 한국 측 협상 조건에 깜짝 놀랐다.

"방금 뭐라고 하셨습니까?"

심지어 너무도 놀란 나머지 한 번 더 질문하였고, 그런 밀라 모리스 국무 장관에게 한국 측 협상 대표인 이신형 국무총리가 답을 하였다.

"군의 작전권 회수와 중국 분할이라고 했습니다."

이신형 국무총리는 별다른 억양의 변화 없이 담담히 한국이 원하는 조건을 그대로 이야기하였다.

그런 이신형 국무총리의 거듭된 이야기에 밀라 모리스 국무 장관은 조금 전 자신이 들은 이야기가 그저 질 나쁜 농담이 아니었음을 다시금 깨달았다.

'내가 잘못 들은 것이 아니야. 하지만……'

도저히 믿기지 않는 협상 조건에 놀란 밀라 모리스 국무 장관은 한국 측 대표의 답변을 듣고 고민하기 시작했다.

그도 그럴 것이, 한국의 군사 작전권이야 그냥 이양하면 그만이다.

어차피 그들의 군대이고, 언젠가는 돌려주는 것이 미국에도 이득이었기 때문이다.

하지만 미국과 함께 G2라 불리는 중국을 분할하는 것은 사실상 전쟁을 일으키겠다는 소리나 마찬가지였다.

아무리 세계 최강 미국이라 하지만 다른 나라도 아닌 중국과 전쟁을 한다?

물론 지지 않을 자신이 있지만, 그 결과를 쉽게 단정지을 순 없었다.

게다가 전쟁에 승리하더라도 커다란 피해를 본다면 안 하느니만 못했다.

그렇게 미국 협상 대표인 밀라 모리스 국무 장관이 그렇게 고민에 빠져 있을 때, 한국 측 협상 대표인 이신형 국무총리도 겉으로 표시를 하지 않았지만, 속으론 무척이나 많이 고민하고 있었다.

'대통령에게 이야기를 듣기는 했지만 이게 먹힐까?'

이신형 국무총리는 미국이 조금 전 자신이 내지른 조

건을 미국이 받아들이지 않으리라 생각했다.

미국은 전적으로 자신들에게 이득 되는 방향으로 모든 결정을 한다는 것을 누구보다 잘 알고 있었다.

그런데 겨우 파워 슈트란 무기를 얻기 위해 G2라 불리는 중국과 전쟁을 치르지는 않을 것이라 판단했다.

이는 이신형 국무총리가 SH인더스트리에서 개발한 파워 슈트의 성능에 대해 자세히 알지 못하기에 이런 생각을 하는 것이었다.

정동영 대통령은 수호와 함께 SH인더스트리에서 개발한 파워 슈트를 입은 SH시큐리티 경호원들의 성능 시범을 직접 경험하였다.

청와대 외곽을 경비하는 모든 경찰과 군의 경호 부대가 경계하던 것을 아무런 제지 없이 통과하여 자신의 집무실까지 들어온 그들의 능력에 경악을 금치 못했다.

겨우 20명으로 구성된 SH시큐리티의 경호원들이 청와대를 뚫었는데, 마음대로 들어가지 못하는 곳이 어디겠는가.

이제 곧 그런 병력이 1,500명이나 생기며 그 인원 모두가 특수전 훈련을 받은 특전사 대원들일 것이다.

그러하기에 정동영 대통령은 미국과 파워 슈트의 판매 협상에 이렇게 엄청난 조건을 내건 것이다.

이러한 사정을 모르는 이신형 국무총리는 '자신들이

너무 무리한 조건을 건 것은 아닌가?' 하는 불안감을 떨치지 못했다.

그저 조심스럽게 미국 측 협상 대표인 밀라 모리스 국무 장관을 훔쳐볼 뿐이었다.

한참 동안 협상장에는 아무런 소음도 들리지 않을 정도로 정적이 흘렀다.

미국의 입장에선 어느 것이 자신들에게 이득인지 계산을 하기 위한, 한국 측 입장에선 조용히 미국의 결단을 기다리기에 이뤄진 침묵이었다.

사실 CIA를 통해 파워 슈트의 성능에 대해 대략적인 정보를 수집하였기에 미국의 결정은 이미 내려진 것이나 다름이 없었다.

하지만 밀라 모리스 국무 장관은 조금이라도 이득을 보기 위해 고심했다.

'이쯤에서 대답을 하는 것이 좋겠지.'

밀라 모리스 국무 장관도 사실 고민하며 하면서 몰래 이신형 국무총리의 눈치를 살폈다.

외국과의 협상은 이런 눈치 싸움 대부분이었다.

상대보다 우위를 점해 조금 더 이득을 취하기 위해선 결정을 내렸으면서도 아닌 척을 하며 상대를 살피는 것이 중요했다.

그래야 조금 더 유리한 고지를 점령하여 이득을 취할

수 있었다.

"한국의 군사 작전권이야 오래전부터 논의가 되어 오던 것이니 들어줄 수 있습니다. 하지만 중국의 분할 문제는 여기서 할 이야기가 아닌 듯합니다."

어차피 이번은 1차 협상이니 바로 한국의 조건을 들어주겠다고 말할 필요는 없었다.

이에 이신형 국무총리는 정동영 대통령에게 지시받은 대로 목소리를 키웠다.

"어째서입니까? 중국도 2019년쯤에 북한 지역에 대한 분할 통치를 기획하여 미국과 논의를 나누지 않았습니까?"

워싱턴 정가에서 잠깐 나온 이야기가 다시 언급되자 밀라 모리스 국무 장관은 깜짝 놀랐다.

이번 일로 한국에 대해 공부한 그이기에 방금 전 이신형 국무총리의 발언에 긴장하지 않을 수 없었다.

그도 그럴 것이, 한국이 북한 지역을 어떻게 생각을 하고, 또 자신들의 땅에 대해 어떤 생각을 가지고 있는지 너무도 잘 알기 때문이었다.

물론 당시 중국이 제시한 한반도 분할 정책은 미국에 크게 이득이 없다는 판단에 흐지부지 사라졌다.

하지만 어떻게 외부로 알려진 것인지 잠깐 뉴스에 언급이 되었다.

당시에 한국인들은 그런 뉴스를 접하고 미국에 대한 강한 반발심이 나왔다.

다행히도 당시 뉴스를 내보낸 언론사가 황색 언론으로 알려진 곳이기에 잠깐의 해프닝으로 끝날 수 있었다.

해당 이야기가 지금 한 나라 국무총리의 입에서 나온 것이다.

그 영향력은 결코 가볍지 않았다.

"그게 무슨 소립니까?"

"발뺌하시는 겁니까? 미국도 당시 중국의 제안을 심각하게 고민했다는 것을 저희는 알고 있습니다."

발뺌하는 밀라 모리스 국무 장관의 답변에 이신형 국무총리는 굳은 표정으로 추궁하였다.

역대 어느 때보다 한국의 태도는 강경했다.

지금까지 대한민국은 미국을 상대로 협상을 할 때, 한 번도 큰소리를 치지 않았다.

그만큼 미국에 의존하는 것이 많았기 때문이다.

그렇지만 이제는 세월도 많이 흘렀다.

무엇보다 대한민국은 예전의 약한 나라가 아니었다.

막말로 지금 벌어지는 협상도 미국이 먼저 요청한 협상이지 않은가.

"그건 당시 북한이 UN 결의를 무시하고 핵실험과 미

사일 발사 시험을 했기 때문에 한반도의 평화를 위해 잠시 논의된 것뿐입니다.”

너무도 강경한 태도를 보이는 이신형 국무총리의 모습에 밀라 모리스 국무 장관은 굳은 표정으로 변명하였다.

“그게 말이 되는 소립니까?”

밀라 모리스 국무 장관의 대답에 이신형 국무총리의 목소리는 더욱 커졌다.

“지금이 무슨 제국주의 시대입니까? 자국의 영토도 아니고, 엄연히 대한민국의 영토입니다. 그런데 그것을 중국과 미국이 마음대로 분할하여 점령한다니… 게다가 거기에 일본은 무슨 이유로 끼어든다는 말입니까?”

이신형 국무총리는 붉게 상기된 얼굴로 목에 핏대까지 세워 가며 이야기를 하였다.

‘제길, 시대가 어느 땐데 중국 놈들의 황당한 제안을…….’

사실 밀라 모리스 국무 장관은 당시의 논의와 아무런 상관이 없었다.

그런데 한국에, 한반도 정세에 대해 공부하면서 어느 정도 그들에게 공감하게 되었다.

그 때문에 자국 정치인들의 태도를 더는 변명할 수 없었다.

누가 만약 미국의 주 어느 곳이라도 미국의 뜻과 상관없이 분할을 하겠다고 이야기한다면 기분이 어떻겠는가?

또한 그 땅을 미국과 적대적이라 할 수 있는 러시아나 중국에 넘겨주겠다고 한다면?

아마 백이면 백 화를 내며 싸우려 들 것이다.

지금 보이고 있는 한국 측 협상 대표의 태도만 봐도 충분히 알 수 있었다.

"자자, 흥분하신 것 같은데 조금 마음을 가라앉히시지요. 당시 일부 정치꾼들이 비슷한 이야기를 하기는 했습니다. 하지만 우리 미국은 한국의 영원한 동맹이지 않습니까? 저희는 논의할 것도 없이 중국의 제안을 거절했습니다."

그는 자신에게 소리를 지를 것만 같은 표정으로 쳐다보는 이신형 국무총리를 달랬다.

"오늘 협상은 이 정도로 하고 마무리를 짓는 것이 좋겠습니다."

"좋습니다. 오늘 협상은 여기까지 하는 것으로 하죠. 조금 전 제가 흥분해 결례를 보였습니다. 죄송합니다."

이신형 국무총리는 협상이 중간에 끝나 버리자 얼른 사과하였다.

협상 중에 흥분을 하는 모습을 보이는 것은 외교적

결례로 볼 수도 있었기 때문이다.

괜히 화가 난다고 그냥 넘겼다가는 나중에 이로 인해 불리한 조건에 사인할 수도 있었다.

그러니 그날 일은 그날 바로바로 털어 버리는 것이 나중을 위해 좋았다.

*　　　*　　　*

미국과 파워 슈트 판매에 대한 협상에 한국 대표로 나온 이신형 국무총리는 협상이 끝나자마자 바로 청와대로 복귀했다.

그러곤 진행 상황에 대해 정동영 대통령에게 보고하였다.

"1차 협상은 양측의 조건을 들어 보는 정도에서 끝났습니다."

"그래서 미국의 반응은 어떻던가요?"

정동영 대통령은 보고하는 이신형 국무총리를 보며 질문을 던졌다.

이신형 국무총리는 당시 미국 대표 밀라 모리스 국무총리의 반응에 대해 떠올렸다.

"고민을 하는 것 같았지만, 제 눈치를 살피는 것이 여실히 보였습니다."

"후후, 한 치의 빗나감이 없네요."

"네? 그게 무슨 말씀입니까?"

느닷없는 말에 이신형 국무총리는 정동영 대통령에게 되물었다.

그런 국무총리의 반응에 정동영 대통령은 빙그레 미소를 지어 보이며 자신이 한 말의 뜻을 풀이해 주었다.

"방금 전 총리께서 한 말이 SH 그룹의 정수호 회장이 한 말과 한 점 다르지 않았기 때문입니다."

"아, 그렇군요."

대통령의 설명을 들은 이신형 국무총리는 저도 모르게 감탄성을 내질렀다.

최근 들어 그의 귀에 SH라는 상호가 계속해서 들려왔다.

또한 그곳의 CEO인 정수호의 이름도 함께 자주 언급되었다.

재계 순위에도 들지 않는 곳의 경영자이지만, 알아보니 대한민국에서 가장 세금을 많이 내는 사람이었다.

대한민국 재계에는 세계의 부자 순위에 드는 성삼 그룹의 오너도 있고, 한때 대한민국 재계 1위이던 대현 그룹에서 분리하여 나온 대현 자동차의 오너도 있었다.

그렇지만 그들도 수호가 낸 세금액과 비교해 봐도 보름달과 반딧불의 밝기만큼이나 차이 났다.

하지만 이는 수호가 자신이 가지고 있는 회사들의 지분을 100% 가지고 있기 때문이었다.

아니, 정확히 100%는 아니지만, 직원들에게 나눠 준 주식 외에는 모두 보유하고 있었다.

그러니 당연하게도 재계 순위에 이름을 올리지 못했다.

자본이나 보유 자산을 알아야 순위를 매길 것인데, 공개하지 않으니 아무런 정보가 없었다.

하지만 수호가 벌어들이는 돈은 엄청났다.

아니, 사실 수호가 벌어들이는 것보단 슬레인이 운용하는 자산이 많은 것이다.

그런데 슬레인이 운용하는 자산 중 거의 대부분 수호의 이름으로 이루어지고 있었다.

물론 차명으로 운용한 것도 있기는 하지만, 대부분 수호 명의였다.

그것들은 세계 각국의 증권시장과 연결이 되어 있고, 슬레인의 명령을 받은 슈퍼컴퓨터들이 자동으로 투자하고 있었다.

때문에 현재도 수호의 명의로 된 증권 계좌에 달러가 쌓이고 있는 중이었다.

그렇게 주식 투자를 국내뿐만 아니라 세계 곳곳에서 벌이다 보니, 각 국가의 국세청을 통해 이름이 알려지게 되었다.

하지만 얼굴을 알지 못하기에 각국의 세무 당국은 수호의 실체를 찾기 위해 백방으로 노력하고 있었다.

주식 투자를 하는 외국인 수호가 대한민국의 SH 그룹을 운영할 거라고 예상하지 못하고 있어 아직까지 들키지 않았을 뿐이었다.

아무튼, 정동영 대통령과 이신영 국무총리는 잠시 수호에 대해 이야기를 나누다 다시 미국과의 협상으로 주제가 넘어갔다.

"SH 그룹에서 개발한 파워 슈트는 최대 500벌입니다. 솔직히 500벌은 너무 많다고 생각하지만, 미국도 그 이하로는 우리가 내건 조건을 들어주지 않을 것입니다."

수호에게 들은 것을 토대로 협상하고 있기에 정동영 대통령은 이신형 국무총리에게 앞으로의 작전에 대해 이야기하였다.

"저… 그런데 파워 슈트란 것이 정말 그 정도로 가치가 있는 것입니까?"

아직까지도 확신이 없는 이신형 국무총리는 약간 부정적인 표정으로 되물었다.

정동영 대통령은 자신도 모르게 실소를 하며 그의 질문에 답했다.

"하하, 제 설명을 듣고 한번 총리께서 판단해 보세요."

정동영 대통령은 그렇게 미국과 러시아에 판매할 파워 슈트의 성능에 대한 설명을 하기 시작했다.

일단 가장 먼저 파워 슈트란 물건이 어떤 물건이고, 어떤 기능이 있으며, 그것을 입고 어떻게 운용을 하는 것이 파워 슈트가 가진 최고의 효과를 볼 수 있는 지까지 말이다.

그는 수호에게서 들은 내용을 그대로를 이신형 국무총리에게 들려주었다.

"헉!"

모든 이야기를 들은 이신형 국무총리는 놀라움을 넘어 경악을 금치 못했다.

"그렇다면 이것은 핵무기만큼이나 파급력이 엄청난 물건이 아닙니까?"

"그렇습니다. 이것의 수량이 500벌 이상 넘어간다면 미국은 우리 대한민국을 빼고 전 세계를 점령할 수도 있을 것입니다."

미국이 가진 군사력은 실로 엄청나다.

그렇다고 그 전부를 전쟁에 집중할 수는 없었다.

부유하다고 모든 무기를 사용할 수는 없기 때문이다.

하지만 파워 슈트란 무기는 달랐다.

직접적인 파괴력은 없지만, 그것을 착용하고 할 수 있는 일은 무궁무진하였다.

만약 특수부대원에게 이 파워 슈트를 착용시키고 무장시킨다면, 바로 일인 군단이라 할 수 있는 전투력을 발휘할 수도 있었다.

본인 힘의 세 배를 가지게 만들어 주기 때문에 개인이 사용하던 무장의 양도 늘어날 것이고, 순발력이나 민첩성 또한 늘어나기에 침투 작전 등에 최적화되었다.

뿐만 아니라 기본적으로 파워 슈트는 방탄 기능이 되어 있다.

그것도 7.62㎜ 기관총탄까지 막아 낼 수 있기에 군사 작전에 지대한 영향을 줄 수 있었다.

미국은 이런 파워 슈트의 효용성을 깨달았다.

그 때문에 한국과 협상을 위해 무려 국무 장관을 대표로 지정한 것이다.

한국 또한 미 행정부의 이인자라 할 수 있는 국무 장관이 찾아왔으니 그에 맞춰 국무총리를 내보낸 것이었다.

뒤늦게 이런 사실을 깨달은 이신형은 속으로 자신의 태도를 반성했다.

'협상에 임하면서도 가지고 있는 카드의 가치를 모르고 있었군. 반성해야겠어.'

10. 미국의 결정

　중국의 한 도시로부터 30㎞ 정도 떨어진 곳에 있는
군부대가 불탔다.

　어둠에 뒤덮인 산골 깊은 곳에 자리하고 있던 부대에
는 여기저기 쓰러져 신음하고 있는 사람들과 파괴된 건
물의 잔해가 즐비하게 흩어져 있었다.

　이는 마치 전쟁터에서 폭격을 받은 듯한 모습을 방불
케 했다.

　한편, 멀리 떨어져 있는 산등성이에서 불타는 중국군
부대를 내려다보는 시선들이 있었다.

　"만세!"

"우리가 해냈다."

불타는 군부대를 지켜보던 사람 중 일부는 자신들이 벌인 일을 두고 만세를 부르며 환호성을 질렀다.

그도 그럴 것이, 이들은 중국으로부터 티베트를 독립시키기 위해 무장 투쟁을 하고 있는 독립군이었기 때문이다.

이들의 시작은 실로 독립군이라고 부르기도 무색할 정도로 작았다.

무장도 빈약하고, 모인 숫자 또한 겨우 20여 명에 불과했다.

그러던 이들에게 긍정적인 변화가 생긴 것은 2년여 전부터였다.

미국의 도움을 받는 다른 조직과의 교류가 시작되며 그 세를 키울 수 있던 것이다.

또한 1년 전, 미국이 아닌 다른 나라로부터 지원을 받게 되며 조직의 규모는 급격히 불어났다.

"라오칸 대장님, 축하드립니다."

김한국은 조금 전 작전을 벌인 지역을 잠시 지켜보다가 고개를 돌려 티베트 독립군 조직의 대장인 라오칸에게 말을 걸었다.

"아닙니다. 이 모든 것은 교관님의 훈련과 도움 때문입니다."

몇 번의 작전을 펼치면서 라오칸이 이끄는 티베트 무장 독립군은 혁혁한 전과를 올렸다.

물론 이들이 펼친 모든 작전들이 조금 전처럼 성공적으로 끝난 것은 아니었다.

그렇지만 1년 전부터 이들에게 훈련을 받고, 또 아프리카, 그리고 아프가니스탄에서 실전을 겪으며 라오칸의 무장 독립군은 전사가 되었다.

그렇게 실전을 통해 군사작전에 대해 배운 이들은 티베트로 돌아와 중국 서부전구 집단군을 상대로 승전을 거듭하고 있었다.

"음… 독립군의 편제나 작전 능력을 보니 이제 더 이상 저희가 없이 대장님의 운영만으로 충분히 독립이 가능할 것 같습니다. 그래서……."

김한국은 어제 한국에서 전해 온 전문에 대해 라오칸에게 알렸다.

그런 김한국의 느닷없는 이야기에 라오칸은 순간 당황했다.

그동안 김한국과 이중섭의 훈련으로 대원들이 정예화되었는데, 갑자기 이들이 떠난다고 하니 걱정이 앞섰다.

"이렇게 떠나시면 저희는 어떻게 합니까?"

라오칸은 조금 전까지만 해도 작전 성공으로 인해 그

어느 때보다 자신감이 상승해 있었다.

하지만 교관으로 온 김한국과 이중섭이 자신들을 떠난다는 말에 이렇게 쉽게 위태로워졌다.

"저희가 없다고 해서 대장님과 대원들의 전투력이 어디 가는 것이 아닙니다. 저기 보십시오."

김한국은 자신감이 결여된 눈빛으로 자신을 쳐다보는 라오칸을 보며 저 멀리 불타는 중국군 부대를 가리켰다.

그런 김한국의 말에 라오칸은 자신도 모르게 고개를 돌렸다.

그런 라오칸의 눈엔 불타고 있는 중국군 부대의 모습이 들어왔다.

"저것은 대장님과 대원들이 이룩한 성과입니다."

"음……."

라오칸은 불타는 중국군 부대를 보며 심장이 무섭게 고동치는 것을 느꼈다.

한순간 고양감에 몸이 공중으로 붕 뜨는 듯한 기분을 느꼈다.

"저희가 떠난다고 대장님과 저희의 인연이 끝나는 것은 아닙니다."

"네?"

"저희는 비록 상부의 명령으로 돌아가지만, 대장님과

독립군들이 중국으로부터 독립을 이뤄 낼 때까지 계속해서 도울 것입니다."

"그럼?"

"예, 보급품은 지금보다 더 많이 보낼 것을 약속드립니다."

"아, 감사합니다. 솔직히 교관님들이 떠나면 보급도 끊기는 것은 아닌지 걱정했습니다."

라오칸은 안도의 한숨을 내쉬었다.

사실 눈치를 보느라 말을 꺼내진 못했지만, 그들이 떠남으로 인해 물자의 보급이 줄어들지도 모른다고 생각했다.

자신감이 많이 사라진 것은 그래서이기도 했다.

최근 중국을 상대로 큰 성과를 낼 수 있던 것은 전적으로 보급품 때문이었다.

정체를 알 수 없는 후원자로부터 받은 무기들은 미국으로부터 지원을 받고 있는 다른 조직들에 비해 더욱 많은 공을 세울 수 있게 만들었다.

이는 일반 병사뿐만 아니라 지휘부 역시 동의하고 있는 사실이었다.

그도 그럴 것이, 미군의 도움을 받고 있는 독립군 조직도 자신들처럼 전문적인 군사훈련을 받고, 게릴라 전술을 교육받았다.

그렇지만 그들과 자신들이 이뤄 낸 결과는 비교가 불가능할 정도로 차이 났다.

자신들은 별다른 피해를 받지 않으면서도 티베트에 주둔하고 있는 중국의 서부전구 부대들에 막대한 피해를 안겨 주었다.

그에 반해 다른 독립군은 조금 귀찮은 정도의 피해만 낼 뿐이었다.

왜냐하면 자신들이 후원자에게서 받은 특수한 장비들은 기관총을 쉽게 막아 내는 슈트와 소음도 없이 빠르게 이동할 수 있는 전술 차량이었기 때문이다.

작전을 펼칠 때면 라오칸의 부대원들은 중국군이 눈치채지 못하는 사이에 부대 곳곳에 침투하여 한 번에 기습할 수 있었다.

"이제부턴 중국군과 대결을 할 때, 오늘처럼 전면전을 벌일 것이 아니라 예전처럼 게릴라 전술을 펼쳐야 합니다. 무리하지 말고 저들에게 피해만 가중하는 것에 주력해 주십시오."

김한국은 이들을 떠나는 마당에 적절한 조언을 해 주었다.

전력 면에서야 중국군 한 개 부대 정도는 충분히 상대할 수 있을 것이다.

하지만 이들은 실제 상황에서 발생하는 변수에 적절

한 판단을 내릴 지휘관이 부족하다는 큰 약점이 있었다.

지금이야 자신과 이중섭이 있었기에 전투 중간에 적절한 조언과 작전의 변경을 지시할 수 있지만, 이제는 아니다.

자신과 이중섭이 돌아간 뒤에는 라오칸과 몇몇 간부들 외에는 군사작전에 대해 이해하는 대원이 거의 없었다.

독립군 대부분은 원래 농사꾼이나 장사하던 평범한 사람들이었다.

하지만 거듭되는 중국 정부의 박해 때문에 어쩔 수 없이 총을 든 것이다.

그렇다 보니 1년여의 실전을 경험했으면서도 아직 군사작전에 대해서는 무지하였다.

"알겠습니다."

라오칸도 무엇 때문에 그가 이런 조언을 하는 것인지 알기에 순순히 김한국의 조언에 대답하였다.

"그래도 너무 걱정하지 마십시오. 저희가 돌아가면 몇 달 뒤에 또 다른 교관이 올 것이니……."

"네? 다른 교관이 온다고요?"

"예. 저희는 다른 임무가 하달되어 고국으로 돌아가는 겁니다. 따라서 다른 사람이 올 것입니다."

"그렇다면 굳이 그럴 것이 아니라, 그냥 교관님들이 남으시면 안 되는 일입니까?"

라오칸은 고개를 갸웃거리며 '굳이 번거롭게 일을 처리할 필요가 있나'라는 생각이 들었다.

그런 라오칸의 질문에 김한국은 미소를 지었다.

이들이 자신과 이중섭을 높게 평가를 하기 때문에 그런 말을 하는 것이라 느꼈기 때문이다.

"그렇게 말씀해 주시는 것은 감사합니다. 하지만 저희가 고국으로 돌아가서 해야 할 일은……."

김한국은 이야기를 하다 말고 시선을 내려 라오칸이 입고 있는 파워 슈트를 지그시 쳐다보았다.

'아!'

김한국의 시선이 어느 곳을 쳐다보고 있는지 깨달은 라오칸은 그제야 그 이유를 깨달을 수 있었다.

"그렇다면 어쩔 수 없지요."

파워 슈트를 써 보니 이것을 입고 작전할 때와 입지 않고 훈련했을 때 느껴지는 감각이 달랐다.

파워 슈트를 입었을 때, 자신은 그 무엇도 두렵지 않은 전사가 되었다.

실제로 전투 중 총에 맞았음에도 라오칸은 별다른 피해를 보지 않았다.

아니, 작은 소구경탄의 경우에는 맞아도 별다른 느낌

조차 없었다.

중기관총 정도는 되어야 작은 충격이 전해질 뿐이었다.

라오칸은 처음 파워 슈트를 지급받았을 때, 적응을 쉽게 하지 못했다.

갑자기 불어난 힘과 민첩성 때문에 중심을 잡기 힘들었기 때문이다.

그런데 갑자기 벌어진 전투 때문에 그런 것을 인지하지도 못하고 중국군과 전투했다.

그렇게 전투가 끝난 뒤, 다시 파워 슈트를 인식하자 다시금 행동이 부자연스러워졌다.

교관들은 그 모든 과정을 지켜보았기에 고국으로 돌아가는 것이리라.

라오칸도 입으로 꺼내진 않았지만, 사실을 알고 있었다.

그들의 도움이 무료가 아니라는 것을 말이다.

라오칸은 말수가 줄어들었다.

"새로운 교관이 올 동안은 이런 대규모 작전보단 훈련이나 게릴라전 위주로 행하십시오."

"잘 알겠습니다."

그렇게 독립군 대장 중 한 명인 라오칸과 작별 인사를 나눈 김한국과 이중섭은 베이스캠프로 돌아가서 독립군들 한 명 한 명과 작별 인사를 하였다.

*　　　　*　　　　*

"아니, 미국과 동맹이면서 어떻게 우리가 적대하는 러시아에도 파워 슈트를 판매할 수가 있다는 말입니까?"

밀라 모리스 국무 장관은 자신이 본국으로부터 들은 정보를 토대로 이신형 국무총리에게 따졌다.

불같이 화를 내는 밀라 모리스 국무 장관의 태도에 이신형 국무총리는 굳은 표정으로 아무런 말도 없이 밀라 모리스 국무 장관을 노려보았다.

"방금 그 말씀을 내정간섭으로 받아들여도 되겠습니까?"

정동영 대통령과 면담한 뒤로 이신형 국무총리는 자신의 인맥을 통해 좀 더 많은 정보들을 찾아보았다.

그리고 SH 그룹이나 회장인 정수호에 대한 정보를 알면 알수록 자신의 상상을 초과한다는 사실에 감탄하였다.

개인적으로는 무공훈장을 받을 정도로 뛰어난 전사이고, 기업가로서도 뛰어난 경영인이었다.

또한 그가 운영하는 SH 그룹은 엄청난 물건들을 생

산 중이었다.

일상에 필요한 상품에서부터 세계 어느 곳에 내놔도 떨어지지 않는 첨단 무기까지 다양한 상품을 생산하고 있었다.

이미 그것들의 성능에 대해서도 들은 이신형은 더 이상 미국이란 나라에 목맬 필요가 없다는 자신감이 생겼다.

그러다 보니 미국의 이인자라 할 수 있는 국무 장관의 호통에도 아무렇지 않게 마주 보며 자신의 의견을 피력할 수 있었다.

"우리 한국은 한반도의 안정을 위해서라면 누구와도 손을 잡을 수 있는 독립국가요."

이신형 국무총리는 할 테면 해보라는 듯 밀라 모리스 국무 장관을 쳐다보았다.

그런 이신형 국무총리의 태도에 밀라 모리스 국무 장관은 순간 자신이 한국을 너무 무시했다는 생각이 들었다.

'이런, 내가 너무 흥분해 이들이 예전의 한국이 아니란 것을 잊고 있었군.'

밀라 모리스 국무 장관은 자신이 한국을 너무 무시했다는 것을 뒤늦게 깨달았다.

지금의 한국은 그가 미국 행정부에 투신하던 때의 국

가가 아니었다.

들리는 정보에 의하면 북한이 보유한 1만 대 이상의 방사포와 장사정포들의 기습 공격을 방어할 수 있는 MD 체계를 완성했다고 한다.

이는 미국이 천문학적인 예산을 들였지만, 완성하지 못한 프로젝트다.

물론 미국과 한국이 처한 상황이 다르기 때문에 미사일 방어 체계의 규모가 다를 수밖에 없다.

하지만 한국이 상대하는 북한의 미사일 전력이나, 미국이 적으로 상정한 적국의 미사일 전력은 대동소이하였다.

그러니 한국이 개발한 것이 확실한 성능을 보여 준다면, 자신들에게도 유용할 것이란 소리였다.

이러면 파워 슈트만 확보할 수는 없었다.

그래서 한국이 개발한 MD 체계에도 손을 얹기 위해 일부러 험악한 분위기를 만든 것이었다.

하지만 그리 좋은 효과를 보지 못하고 오히려 한국의 화만 돋우게 된 것이다.

만약 이번 일로 인해 계약이 파기된다면 전적으로 자신의 책임이다.

밀라 모리스 국무 장관은 속으로 자신의 어리석음을 탓하며 새삼 달라진 한국의 위상을 인지했다.

예전 같으면 미국의 국무 장관이 한국에 내한할 때 대통령이 상대했다.

그런데 지금은 어떤가.

미국의 국무 장관에 해당하는 총리가 나와 협상하고 있지 않은가.

이것만 봐도 한국이 얼마나 자국에 대한 자부심을 가지게 되었는지 알 수가 있었다.

밀라 모리스 국무 장관은 큰 실수를 한 것에 대해 뒤늦게 후회하였다.

"음, 내정간섭을 하려던 것은 아니었습니다. 다만, 동맹인 우리와 상의도 없이 그런 일을 러시아와 논의한다는 것이 좀……."

말을 정확하게 끝맺은 것은 아니지만, 그 말속에 '사과는 하지만 기분은 나쁘다'라는 의미가 들어 있음을 알 수 있었다.

"그건 미안하게 생각합니다. 미국이 그동안 우리 대한민국의 동맹으로서 안보에 도움을 주었으니까요. 하지만 그동안 저희도 주한 미군의 주둔 비용을 지불하지 않았습니까."

"예?"

주한 미군 주둔 비용 이야기까지 나오자 밀라 모리스 국무 장관의 표정이 굳어지기 시작했다.

그도 그럴 것이, 그동안 한국이 지급한 비용이 높게 책정이 되어 있다는 것을 잘 알고 있었기 때문이다.

한국 측에서 그것을 걸어 따지고 들어오자 할 말이 없었다.

몇 해 전부터 미국이 주한 미군 방위비를 인상하자, 한국은 이에 대해 불만을 표시하고 있었다.

"미국은 주한 미군이 용병이 아니라고 했습니다. 그렇기에 우리 대한민국도 SOFA(주둔군 지위협정)를 통해 주한 미군이 범죄를 저질러도 수사권을 강제하지 않았습니다. 그런데 지금……."

'제길, 잘못 걸렸군.'

그동안 미군이 벌인 범죄 사실까지 들먹이며 따지는 이신형 국무총리의 말에 밀라 모리스 국무 장관은 제대로 대답하지 못하고 더듬거릴 뿐이었다.

그렇게 협상의 주도권은 한국 측으로 넘어가 버렸다.

"우리 대한민국은 동북아의 안정을 위해 그러한 협상을 벌일 수밖에 없다고 판단하여 그렇게 행동했을 뿐입니다."

이신형 국무총리는 잠시 침묵하며 생각을 가다듬고는 낮은 목소리로 말했다.

"그리고 무엇보다 저희 쪽에서 먼저 접근을 한 게 아닙니다. 러시아는 미국과의 계약 내용을 상세히 알고 있더군요."

"아니, 어떻게 그들이 그러한 정보를 알 수 있었다는 것입니까?"

밀라 모리스 국무 장관이 의문 가득한 눈빛으로 이신형 국무총리에게 물었다.

밀라 모리스 국무 장관이 그런 의문을 가지는 것은 당연했다.

그도 그럴 것이, 미국이 한국에서 파워 슈트가 개발되었다는 것을 알게 된 것은 단 한 사람의 의심 때문이었다.

그리고 그는 직접 파워 슈트를 개발한 사람에게 확인을 받았다.

이렇게 아주 우연한 기회에 파워 슈트에 대한 정보를 획득하고 출처를 알게 되었는데, 자신들보다 정보력이 떨어진다고 생각하던 러시아가 어떻게 이 정보를 안단 말인가.

"그건 저희와 이야기하기보단 미국에서 알아봐야 하지 않겠습니까?"

외교적으로 문제될 소지가 있는 말은 하지 않겠다는 완고한 이신형 국무총리의 대답에 밀라 모리스 국무 장관은 미간을 찌푸렸다.

'뭐지? 설마!'

밀라 모리스 국무 장관은 이신형 국무총리의 말을 듣고 고민하던 중 한 가지 가능성이 그의 뇌리를 스쳐 지나갔다.

'스파이! 설마 CIA 내에 스파이가 있는 건가?'

밀라 모리스 국무 장관은 자신도 모르게 진실에 접근했다.

그러곤 세계 어느 곳보다 보안이 엄중한 CIA 내에 스파이가 있다는 상상을 하자 저도 모르게 진저리를 쳤다.

*　　　*　　　*

미국 워싱턴 D.C. 백악관

대통령 집무실엔 여러 명의 사람이 모여 있었다.

이들은 국가 안보에 대한 정책을 논의하는 NSC 위원들로 존 바이드 대통령의 긴급 소집으로 인해 이번 회의에 참석한 것이었다.

"미스터 프레지던트, 무슨 일이십니까?"

펜타곤에서 업무를 보다 NSC 소집으로 인해 급히 날아온 토니 블라터 국방 장관은 심각한 표정으로 질문을 던졌다.

"모두 도착하면 앉아서 이야기하지."

존 바이드 대통령은 진정하라는 듯 가볍게 이야기를 꺼냈다.

그런 대통령의 대답에 토니 블라터 국방 장관은 의문 가득한 표정으로 집무실 안을 둘러보았다.

아직 몇몇 위원이 보이지 않지만, 자신보다 먼저 도착한 NSC 위원들의 안색을 살펴보니 그들도 무엇 때문에 소집된 건지 모르는 눈치들이었다.

'다들 모르는 것 같으니 좀 더 기다려 보기로 하자.'

그렇게 토니 블라터 국방 장관은 모든 NSC 위원들이 도착하길 기다렸다.

토니 블라터 국방 장관이 도착하고 10분 정도 더 시간이 흐르자 모두 도착하였다.

"미스터 프레지던트, 무슨 일로 우릴 소집한 것입니까?"

모든 NSC 위원들이 도착하자, 토니 블라터 국방 장관이 다시 한번 질문을 건넸다.

그는 해군의 NGAD(Next Generation Air Dominance) 프로그램과 공군의 PCA(Penetrating Counter Air) 프로그램의 예산 집행을 위한 회의에 참석하려다 말고 여기에 온 것이었다.

솔직히 급하게 닥친 현 상황이 그리 마음에 들지는 않았다.

그렇다고 국가 안보에 관한 회의인데 빠질 수도 없지 않은가.

"한국에 나간 밀라 모리스 국무 장관 외에는 다들 모였으니 회의를 시작하지."

안보 회의의 시작을 선언한 존 바이드 대통령의 말에 실내에 있던 NSC 위원들의 표정이 긴장으로 물들었다.

"오늘 회의 주제는 파워 슈트 도입에 관한 것일세. 그들이 판매 조건으로 내건 조항을 받아들일지를 말이야."

NSC 위원들의 표정이 조금은 풀어졌다.

해당 주제는 전에도 논의한 적이 있기 때문이었다.

하지만 단 한 사람, 토니 블라터 국방 장관의 표정만은 더욱 구겨졌다.

이미 어떤 조건을 내걸건 간에 받아들이기로 하지 않았는가.

단, 파워 슈트 수량을 최대한 받는다는 약속 아래 말이다.

그렇게 미국은 한국과의 협의 끝에 파워 슈트의 최대 수량을 500벌로 결정했다.

100벌은 예비 물자로 둬서 만약의 경우를 대비하기 위해 보관하고, 남은 400벌 중 300벌은 해외 작전에 투입되는 특수부대에 지급할 것이다.

그리고 남은 100벌은 국내에서 활용하기로 결정하였다.

무려 100벌의 파워 슈트를 국내에서 활용한다는 것은 어떻게 보면 이치에 맞지 않는 것처럼 보였다.

하지만 미국 내 치안 문제는 갈수록 불안정해지고 있었다.

미국의 각 주, 도시에는 수많은 갱들로 인해 하루에도 몇 번씩 총기 사고로 인한 사망 사건이 끊이지 않고 일어난다.

또한 미국을 위협하는 각종 테러 조직이 침투하여 테러를 모의하고 있다.

이런 사고와 테러를 일선 경찰이나 경찰 특공대들이 막으며 너무도 많은 인명 피해를 야기했다.

미국 정부는 이를 심각하게 받아들이고 있었다.

일선에선 총기 규제를 강력하게 시행한다면 이러한 사건 사고를 막을 수 있다고 주장했다.

하지만 언제나 주장에 머무를 뿐, 안건은 총기 회사의 로비로 인해 위로 올라가지도 못했다.

무엇보다도 미국 헌법엔 개인의 안전을 지키기 위해 무장할 수 있다는 규정이 명확하게 들어가 있었다.

이는 미국이 영국으로부터 독립하기 위해 병력을 모을 때, 각 주의 민병대들이 많은 활약을 했기에 그런 조항이 생긴 것이다.

수많은 정치인은 이 조항을 삭제하기 위한 시도를 했고, 모두 실패하였다.

게다가 강력하게 총기 제재를 주장한 정치인 중 몇 명이 의문의 사고를 당해 죽었다.

이에 대해 NRA(미국 총기협회)에서 청부를 하여 죽인 것이라는 음모론이 나오기도 했다.

하지만 그러한 소문은 어느 순간부터 흐지부지해지며 사라졌다.

아무튼 이렇다 보니 미국은 국외뿐만 아니라, 국내문제도 신경을 써야 했다.

그 때문에 국내에도 100벌의 파워 슈트를 배정한 것이다.

이 문제로 CIA에서 큰 반발이 있었다.

파워 슈트에 대한 정보를 가져온 것은 CIA인데, 혜택은 경쟁 조직인 FBI가 가져갔기 때문이다.

더욱이 정보를 취득하기 위해 목숨을 건 작전을 벌이곤 하는 CIA다.

그렇기에 이번 일이 성사되면 자신들에게도 파워 슈트가 배정되리라 생각했다.

하지만 백악관의 결정은 달랐다.

CIA 국장 조나단 샌더슨은 그럼 예비 물자로 돌린

100벌의 파워 슈트라도 자신들에게 배정해 달라고 요구했다.

자신들보다 별로 위험한 작전도 없는 FBI에 100벌을 배정하였으니, 자신들에게도 권리가 있다는 것이다.

이러한 조나단 샌더슨 CIA 국장의 주장은 NSC 회의에서 거부되었다.

CIA의 작전이 위험한 것은 사실이지만, 현재까지 잘하고 있으니 지금처럼만 하면 된다는 것이다.

그리고 또 한 가지 다른 이유가 있었다.

두 번째 이유는 어떻게 들으면 참으로 개 같은 소리였다.

지금까지 CIA는 수많은 요원을 희생해 미국의 안보에 도움이 될 정보들을 수집했다.

그런데 이런 요원들의 생명을 지키고, 나아가 작전의 성공 확률을 높일 수 있는 기회를 어처구니없는 이유로 날린 것이다.

바로 CIA 내부에 러시아의 스파이가 있을지도 모른다는 것.

솔직히 적의 스파이가 있는 것은 CIA뿐만은 아닐 것이다.

FBI에도, 그리고 정부의 다른 산하 기관에도 침투해있다.

다만, 스파이들을 파악하고 있는지, 아닌지에 대한 차이뿐이었다.

그동안 CIA는 각국의 스파이들이 침투해 있는 것을 파악했다.

그러곤 그들을 비교적 중요하지 않은 부서에 배정하여, 역으로 이들을 이용한 이중 작전을 펼치며 많은 성과를 낼 수 있었다.

그런데 어떻게 된 일인지 러시아에서 자신들이 파워 슈트에 대한 정보를 취득하여 한국과 협상 중이라는 것을 알아냈다.

이는 CIA가 알지 못하는 스파이가 있었다는 소리와 다름이 없었다.

그 때문에 CIA는 파워 슈트 배정에서 제외되어 버렸다.

참으로 억울한 일이 아닐 수 없다.

그렇게 조나단 샌더슨 CIA 국장이 속으로 불만을 품고 있을 때, 대통령이 충격적인 이야기를 하였다.

"한국이 러시아에 300벌의 파워 슈트를 판매하기로 했다고 합니다."

"헉!"

"아니, 어떻게?"

"300벌이나…… 러시아에 파워 슈트를 그 정도로 매

입할 수 있는 예산이 남아 있던 것입니까?"

존 바이드 대통령의 말이 떨어지기 무섭게 여기저기서 질문이 쏟아졌다.

그러고는 모든 사람의 시선이 CIA 국장인 조나단 샌더슨에게 모여들었다.

자신에게 시선이 집중되자 조나단 샌더슨은 헛기침하며 대답하였다.

"한국이 러시아에 파워 슈트를 얼마에 판매할지는 알수가 없습니다. 하지만 저희가 계산한 파워 슈트의 가격으로 계산해 보면 그것의 절반 정도나 가능할 것입니다."

미국은 파워 슈트 한 벌의 가격을 최소 450만 달러에서 최대 850만 달러까지 예상하였다.

편차가 무려 400만 달러나 되지만, 이는 어쩔 수 없었다.

자신들은 파워 슈트의 개발에 10억 달러 가까이 연구비를 투자하고도 실패했기 때문이다.

물론 그 과정에서 어느 정도 성과를 보여 다른 방향으로 사업을 전환하기는 했다.

하지만 그렇다고 그것들이 10억 달러의 가치를 보이는 것은 아니었다.

"그런데 어떻게 그게 가능한 것이지? 혹시 우리가 예

상한 것보다 파워 슈트의 가치가 떨어지는 것은 아닌가?"

누군가가 의문을 제기하기 시작했다.

"그건 아닐 것입니다."

"아니면?"

"러시아가 비록 경제 사정이 좋지 못한 것은 사실이지만, 아직 개발되지 않은 곳이 많아 개발할 자원이 많습니다. 또한, 한국이 욕심낼 만한 군사기술도 많습니다. 아마 그런 것들을 대가로……."

한국에 협상을 위해 파견된 말라 모리스 국무 장관을 대신해 NSC 회의에 참석한 클락 케이시 국무차관이 설명을 이어 나갔다.

존 바이드 대통령과 NSC 위원들은 미간을 찌푸리며 작은 신음을 흘렸다.

"음……."

"이럴 수는 없습니다. 러시아에 300벌이나 들어가다니요……."

"맞습니다. 동맹인 우리에게 말도 하지 않고 말입니다."

급기야 여기저기서 불만의 목소리가 터져 나왔다.

NSC 위원들은 한국이 동맹인 자신들과 적대국이라 할 수 있는 러시아를 같은 선상에 둔 것에 대해 끊임없이 성토하였다.

"그만, 조용!"

존 바이드 대통령은 이들에게 소리쳤다.

"아니, 미스터 프레지던트……."

"그만. 일단 제 말을 들으세요."

존 바이드 대통령은 흥분한 NSC 위원들을 진정시키며 이야기하기 시작했다.

"이 모든 것은 우리의 앞선 정부들이 한국을 어떻게 취급을 했는지 생각해 보면 당연한 결과입니다. 말로만……."

"하지만 그것은 모두 우리 조국의 이익을 위해 그런 것이 아닙니까?"

이안 맥그리거 안보 보좌관이 조심스럽게 자기 생각을 이야기하였다.

존 바이드 대통령은 그런 그를 차분하게 바라보며 고개를 살짝 저었다.

"지금 그것은 중요하지 않습니다. 이전에는 칼을 우리가 쥐고 있었다면, 지금은 그들이 주도권을 쥐고 있다는 것입니다."

존 바이드 대통령은 갑과 을이 누군지 이들에게 주지시켰다.

예전에야 한국이 국가 안보를 전적으로 미국에 의존

했기에 미국이 원하는 것을 울며 겨자 먹는 심정으로 들어줘야만 했다.

무기 도입 시 다른 나라에 비해 비싼 가격을 제시해도 한국은 어쩔 수 없이 미국의 의도에 따라야 했고, 기술이전을 약속했다가 무기만 팔아먹고 약속을 철회해도 한국은 이를 받아들여야 했다.

그것이 북한의 위협으로부터 나라를 지키는 일이었기 때문이다.

그러지만 이제는 아니었다.

당시의 부당한 대우를 곱씹으며 암중에 칼을 갈던 대한민국은 더 이상 안보를 남의 손에 맡기지 않아도 된다는 걸 깨달았다.

그렇게 자주국방의 뜻을 펼치기 위해 ADD(국방과학연구소)를 설립하고, 연구 성과를 국내 방위사업을 추진하는 회사에 공급하여 무기를 개발하였다.

그리고 그 성과는 20세기 후반에 들어서면서 빛을 발하기 시작했다.

작은 총기에서부터 미사일까지.

이제는 육해공 어느 분야에서의 무기도 못 만드는 것이 없을 정도로 기술력이 향상되었다.

"저들을 인정해야만 우리가 지금의 위치를 고수할 수 있고 나아가, 앞으로 나갈 수 있습니다."

조금까지 한국을 무시하고 있던 NSC 위원들은 존 바이드 대통령의 일장 연설에 고개를 끄덕일 수밖에 없었다.

한국은 더 이상 자신들의 밑이 아닌 동등한 위치에 올라와 있었다.

원조를 받던 나라에서 원조하는 나라가 된 대한민국이다.

다만, 이들은 그것을 인정하고 싶지 않아 외면하고 있었을 뿐이다.

"그런데 이런 이야기를 하는 이유가 정확히 뭡니까? 뭔가 저희에게 하고 싶은 말이 있어서일 것 같은데……."

"…맞습니다. 밀라 모리스 국무 장관에게서 들은 저들의 조건은 중국을 몇 개의 나라로 분할하자는 것입니다. 그것을 도와준다면 파워 슈트의 수량을 더 늘려 줄 수 있다고 하더군요."

"중국을 분할하겠다고요? 한국이?"

대통령의 말을 들은 NSC 위원들은 조금 전보다 더욱 놀라다 못해 이제는 황당하다는 반응을 보이고 있었다.

겨우 인구 5천만 정도나 되는 작은 나라가 인구 14억의 중국을 분할하겠다고 생각한 것이다.

"그래서 러시아에 그 파워 슈트를 판매하려고 한 것

이었군.”

한국이 내건 조건을 듣게 된 NSC 위원들은 사건의 진상과 규모를 지금 와서야 깨달았다.

“그게 가능하겠습니까?”

국무차관인 클락 케이시가 고개를 갸웃거리며 물었다.

“그게 가능하고 안 하고는 중요하지 않습니다.”

“네? 중요하지 않다니요?”

클락 케이시는 자신이 잘못 들은 것은 아닌가 하는 생각에 다시 물어보았다.

그런 클락 케이시의 질문에 제레미 라이스 부통령이 대답했다.

“어떤 자신감에서 그런 제안을 한 것인지 중요하지 않다는 겁니다. 다만, 동북아에서 전쟁이 일어나게 된다면 우리는 한국이나 일본에 무기를 팔아먹을 수 있을 겁니다.”

“아!”

한국이 전쟁을 하게 되면 미국은 동맹국을 돕기 위해 자동으로 개입해야만 한다.

그렇기에 또다시 자국의 젊은이들이 희생되는 것은 아닌가 하는 걱정을 한 것이다.

전쟁은 파괴를 만든다.

그런데 아이러니하게도 파괴는 또 다른 창조를 만들어 내기도 한다.

누군가 전쟁으로 피해를 본다면, 다른 이는 전쟁으로 인해 이득을 보기도 했다.

전쟁 당사자야 피해로 극심한 스트레스를 받겠지만, 한 발 떨어진 곳에서 혜택을 얻는 이들에게는 충복과도 같은 일이었다.

좋은 예로 제2차 세계대전에서 원자폭탄 두 발을 맞고 항복한 일본을 들 수 있다.

전쟁의 패배로 폐허가 된 일본은 바로 옆 나라인 한국에서 전쟁이 발발하자 미군의 보급 창고가 되어 엄청난 경제 발전을 이룩했다.

"그렇다면 굳이 반대할 것이 아니라, 이번 기회에 필요한 파워 슈트의 수량을 늘리는 것도 좋겠군요."

"맞습니다. 러시아 놈들에게 300벌이나 판매하기로 했다면 우리에게는 수배는 더 줘야 하지 않겠습니까?"

처음 러시아에 파워 슈트를 판매한다는 것에 한국을 성토하던 NSC 위원들은 이제는 하나가 되어 어떻게 하면 더 많은 것을 한국으로부터 뽑아낼지 논의하기 시작했다.

〈10권에 계속〉